ALFAGUARA

Grupo Promotor

La nit de Sant Jeroni

Jordi Varela

ALFAGUARA
SÈRIE VERMELLA

ALFAGUARA

Grup Promotor

www.alfaguaraij.cat

Torrelaguna, 60. 28043 Madrid
Telèfon: 91 744 90 60

Frederic Mompou, 11 (Vila Olímpica)
08005 Barcelona
Telèfon: 93 230 36 00

ISBN: 978-84-7911-469-5
Dipòsit legal: M-35.976-2008

Primera edició: abril 1996
Sisena edició: juliol 2008

Disseny de la col·lecció:
Manuel Estrada

Printed in Spain

La nit de Sant Jeroni

«Si véns, per exemple, a les quatre de la tarda, des de les tres començaré a ser feliç.»

(Antoine de Saint-Exupéry. *El petit príncep*)

A la Mariona

L'autor adverteix que els textos en negreta corresponen a la traducció al català dels diàlegs que originalment són en anglès.

U

–Ja és un quart de vuit, crec que hauríem de començar o se'ns farà massa tard.

En Tom, el coordinador del programa d'intercanvis de l'Institut Tirant lo Blanch, és un gal·lès molt aclimatat als costums mediterranis, però en matèria de puntualitat no acaba de pair mai els retards, per a ell incomprensibles, en l'inici de les reunions de pares.

La Maite, la directora de l'Institut fa costat al seu professor:

–Endavant, Tom.

–Senyores, senyors! –en Tom s'escura la gola–. Sisplau...

L'aula s'ha fet petita per donar cabuda a tots els assistents a la reunió. La cridòria és notable.

–Senyores, senyors... Sisplau...

El brogit humà es resisteix a abandonar la sala i la Maite acaba rient davant de la impotència d'en Tom. La part del davant de l'aula, on hi ha majoria de mares, és la que respon millor a les crides i ja ha començat a emmudir. El silenci es va estenent mandrosament, malgrat que, ara aquí ara allà, algú aprofita per finalitzar converses i acudits en veu baixa. Els estudiants, comprimits a les últimes files, són els més reacis a prestar atenció a en Tom, i segueixen rient i cridant.

–Noies! Nois! Au, que comencem. Us dono la benvinguda a tots: mares, pares... i a vosaltres també, noies i nois. Us hem convocat per parlar-vos del proper programa d'intercanvis entre les escoles Saint Paul i Victory Queen de Bournemouth i el nostre Institut –en Tom parla un català molt correcte, amb un discret accent anglès–. A veure... Sisplau... Els alumnes del darrere! Ja sé que esteu nerviosos...

Ja només queda un petit grup resistent, d'entre els quals, dues noies i un noi han estat presos d'un atac de riure. Tothom s'està girant a mirar-los. En Tom es tapa la cara amb les mans i, sense voler-ho, arrenca una rialla, mentre va fent que no amb el cap. L'epidèmia riallera s'estén com una onada festiva i, fins i tot, algunes mares se n'han contagiat. En un tres i no res, el galliner torna a estar tan esverat com al principi. Finalment, ha de ser la Maite qui ha de prendre el comandament. Es posa dreta i dóna uns cops a la taula amb el palmell de la mà.

–Au, va! Que comencem –la veterania de la directora marca la diferència–. En Tom i jo tenim la intenció de presentar-vos el programa d'intercanvis que hem preparat per a aquest any –la veu de la Maite penetra a la sala com un tanc i, ràpidament, controla la situació–. Tot seguit serà ell qui, com a coordinador i tutor del programa, us n'explicarà tots els detalls.

Amb l'ambient força més asserenat, la Maite s'asseu i en Tom pot iniciar les explicacions. El clima ha canviat radicalment i la gresca s'ha transformat en expectació.

–Bé, amics. Com ja us vam explicar a la carta, els vostres fills han estat seleccionats per a aquest programa d'intercanvis, d'acord amb el barem que apliquem cada any, que té en compte, evidentment, les notes que han anat obtenint els alumnes a l'assignatura d'anglès en els darrers tres cursos, però que també valora altres aspectes, com la motivació –en Tom té un parlar pausat, malgrat que alguns cops s'embarbolla, fet que no fa més que despertar un cert instint protector entre les mares, i més d'un sospir entre les alumnes–. Els aparellaments els hem fet a l'atzar, com sempre, i només hem tingut cura a separar noies i nois.

Aquesta darrera frase ha provocat murmuris i un parell de xiulets, procedents de les files ocupades pels estudiants. En Tom aixeca el cap.

–Ep! No us penseu que els pares anglesos són tan permissius com els vostres.

11

Nous murmuris, però aquesta vegada són les mares les que comenten allò de:

–Ja està bé que algú els digui la veritat.

–No saben la sort que tenen. I encara demanen més.

Els quatre pares, homes, comptats, que hi ha a l'aula, ni piulen.

–En acabar la reunió –en Tom continua–, us lliuraré un sobre amb una fitxa de l'estudiant que us ha tocat; amb les seves característiques, les de la seva família, les preferències que té i coses per l'estil. Ah! I una foto. Penseu, també, que sempre és millor si us escriviu o us truqueu abans. Això fa que les coses després siguin més fàcils.

En Tom s'esplaia a gust amb tota mena de detalls i la reunió discorre segons les previsions. És així com els implicats –mares, pares i estudiants– s'assabenten dels aspectes més pràctics dels intercanvis, de les anècdotes de les anteriors edicions i de totes les coses que se'ls acut preguntar. Una hora i mitja més tard, la Maite dóna per acabada la reunió. Els assistents s'aixequen de les cadires i s'apinyen a la taula, a recollir el sobre amb la fitxa de la parella que els ha correspost. Moltes mares aprofiten l'ocasió per assetjar en Tom i afusellar-lo amb preguntes:

–A quina hora els haurem de fer el sopar?

–Escolti, senyor Tom, el meu nen es mareja molt i no ha agafat mai l'avió.

La Mar pretén arribar al professor per aconseguir el seu sobre, però després de veure el panorama, decideix canviar de tàctica.

–Maite?

–Sí, Mar –la directora està més accessible que en Tom.

–Em pots donar el meu sobre, sisplau?

–Espera't.

La Maite va pel darrere i agafa el paquet de sobres que en Tom té subjecte sota el braç, mentre va responent, una per una, l'allau de qüestions.

–A veure... Mar Badia. Mira. Aquí el tens. I el teu pare, que no ha vingut?

–Doncs d'ell no en sé res. Em va prometre que vindria a

la reunió, però amb un pare com el meu, no saps mai què pot passar.

Els estudiants s'apressen a obrir sobres i compartir fitxes i fotos.

–Ha! Ha! Mira la teva... Quin vestit més ridícul!

En Cesc, el pare de la Mar, està començant a perdre les esperances d'aconseguir un aparcament. Porta fetes dues voltes completes a l'Institut, fins que, miraculosament, veu una dona que obre un dels cotxes aparcats damunt de la vorera. En Cesc frena en sec i, des de dins del cotxe, fa signes a la conductora, que s'acaba d'asseure i ja té les mans al volant. Ella respon que sí.

–«Per fi» –en Cesc esbufega.

Però el conductor del vehicle que li ve al darrere no està per orgues, i amb un cop de clàxon expressa la seva protesta per l'aturada sobtada del cotxe d'en Cesc. Malgrat la pressió, l'esforçat lluitador urbà no té cap intenció de perdre l'oportunitat, per la qual cosa fa recular el cotxe el terreny imprescindible, per permetre sortir el vehicle que se'n va. L'aparcament acaba amb un intermitent esquerdat i una escridassada. En Cesc entra al recinte de l'Institut molt contrariat.

–«Em sembla que arribo tard, la Mar em matarà» –pensa, tot travessant el pati, esverat.

Dóna una llambregada al rellotge. Són dos quarts de nou tocats. Un cop a la porta interior del Centre veu el conserge penjant una nota al cartell d'anuncis.

–La reunió, sisplau? –li pregunta sense aturar-se.

–Aula 11, la segona a l'esquerra.

Fa un parell de trucs discrets a la porta, i hi entra sense esperar que ningú li'n doni permís. Dins es troba amb una reunió d'unes quinze persones, tots amb pinta de mares i pares d'alumnes. Tothom té un posat seriós, transcendent.

–Perdonin –diu en Cesc amb timidesa, mentre s'asseu a la primera cadira buida que troba.

Els assistents es miren estranyats, però ningú no diu res.

En Cesc, per la seva banda, es dedica a la recerca d'un bolígraf per les butxaques, tot fent veure que la tensió que s'ha creat no és cosa seva. Un cop té el bolígraf a la mà, aixeca la vista, però la gent ja ha tornat a arrencar la conversa, i s'ha oblidat d'ell. Ara, qui fa cara d'estranyat és en Cesc.

–Demà hem d'enviar dos representants a la Coordinadora d'APA. No podem quedar al marge de la campanya...

La majoria de cares li són familiars; però, de mica en mica, es va adonant que, de fet, no coneix ningú, llevat de la dona que està parlant.

–Penso que ha arribat el moment que el conseller d'Ensenyament noti la nostra força i tiri enrere la llei de liberalització...

–«Ostres! La Dolors» –pensa en Cesc.

La Dolors, tot continuant el discurs, se'l mira de reüll.

–Haurem de crear la nostra pròpia plataforma de Centre, dins de la campanya de defensa de l'ensenyament públic...

La presència i la veu de la Dolors porten vells records a en Cesc, la majoria d'ells, agradables. Allò seu va durar força, quan tots dos eren molt joves i encara conservaven la colla. Molts anys després, quan en Cesc ja era viudo, ella el va anar a visitar un dia a casa per donar-li el condol i interessar-se per ell. Aquell encontre va ser el principi d'una recaiguda. La Dolors passava per un moment difícil en el seu matrimoni. Es van veure algunes vegades i hi va haver alguna cosa més que paraules; però després d'aquelles trobades furtives, no van tornar a quedar mai més.

–Ja no som els mateixos, Cesc. Tot ha canviat massa –li va dir ella un dia que el va trucar.

Malgrat aquest petit fracàs, el record que sempre s'han reservat, l'un de l'altre, en un racó del cor, no ha quedat malmès.

Quan en Cesc veu que la Dolors es pren un respir en l'arenga en defensa de l'ensenyament públic, aixeca el braç.

–A veure, que el senyor Francesc Badia vol dir alguna cosa.

La Dolors, que és la presidenta de l'APA, li dóna la paraula.

–Perdoneu, però és que crec que m'he equivocat de reunió.

Mentre parla, en Cesc va avançant moviments de retirada.

–Potser venia a la reunió dels intercanvis? –li pregunta la mare del costat.

–Justa! I pel que veig no és aquesta.

–No, és clar –continua la confident–. La seva era a les set. Deu fer com un quart que ha acabat. Jo hi he estat. Si vol, després, quan acabem, n'hi puc fer un resum.

–A les set? Ostres! –en Cesc es torna a repenjar a la cadira i es frega els ulls, mig pel cansament que arrossega i mig per la consternació.

–Escolta, Cesc –la Dolors trenca un silenci enutjós–. Ja que ens has caigut del cel, queda't una estona. Penso que ens pots ser útil per a la campanya.

–Perdona, Dolors, però és que, amb aquesta confusió horària, dec tenir la Mar molt descontrolada.

–No t'hi amoïnis, home. De fet, tu venies predisposat a assistir a una reunió, i pel que fa a la teva filla, ja té setze anys. Deixa-la que s'espavili.

La senyora del costat, la que li ha donat la informació de l'altra reunió, afegeix:

–Quedi's home! Que a l'APA sempre necessitem ajuda.

–Bé, bé. D'acord –en Cesc és d'aquells a qui costa dir que no–. Però deixeu-me fer una trucada.

D'allà estant, es treu el telèfon portàtil i marca.

–«Vaja, el contestador automàtic» –pensa, contrariat.

–No, no hi som, però tornarem –sent la veu gravada de la Mar–. No et tallis i deixa un missatge. Piit...

–Mar, sóc el pare. Perdona filla, però és que m'he equivocat en l'hora de la reunió –en Cesc parla fluix–. Encara no sé com, però m'he enredat amb una cosa de l'APA. Truca'm al portàtil quan arribis a casa.

15

Penja i fica el telèfon a la cartera.

–Escolta, Cesc –li diu la Dolors–. Com que et veiem neguitós, no t'entretindrem gaire. Saps què ens aniria bé? Que vinguessis demà amb mi a la Coordinadora d'APA de Catalunya. Necessitem un eslògan per a la campanya, una mica de disseny global i que ens repassis la redacció del manifest bàsic.

–Dona, m'agafes en una època de molta feina al despatx. Ja saps que estem en un any d'eleccions i, ara, tothom té pressa a explicar que bé que ho ha fet tot.

Ja fa temps que en Cesc es va independitzar i, de mica en mica, ha anat consolidant la seva pròpia empresa d'imatge i comunicació. En general, les coses li van força bé, malgrat que sempre es queixa que els clients, les administracions, per terme general, tarden molt a pagar.

–Ep! Però Cesc, és que això que et demano, o més ben dit, que et demana l'APA, ha de ser de franc. Vull pensar que estic parlant amb el pare de la Mar, soci d'aquesta associació, no pas amb l'empresari de Veu-Tot.

–Ja, ja ho havia entès.

–És que no m'agradaria que hi hagués cap confusió en matèria de peles.

–D'acord, d'acord. Ho faré encara que sigui a les nits.

–Sabia que no em fallaries –la Dolors li llança un somriure maliciós.

Un cop acabada la reunió, en Cesc pretén, inútilment, fugir; però és la mateixa Dolors qui el persegueix pel passadís de l'Institut. Tan bon punt l'enxampa, li fa un petó a la galta i l'agafa pel braç. D'aquesta manera, continuen caminant plegats.

–Gràcies, Cesc.

–De res, dona.

–Podràs venir demà a les vuit al Centre del Pati Llimona? És la reunió de la Coordinadora d'APA de Catalunya. Et dono tota aquesta paperassa i tu, aquesta nit, te la vas llegint, i si portes alguna idea, millor.

–Uf! Alguna idea?

–Sí home, així ja anem avançant.

–Ah! Jo pensava en altres idees.

–Com quines?

–Doncs per exemple: que demà, en sortir d'aquesta remaleïda reunió, t'invito a sopar.

–Ets un murri –ella li estreny el braç.

–És una idea, oi?

–Bé, d'acord. Però ara seré jo, que m'hauré d'empescar alguna idea per al meu marit.

–Tot és culpa teva, noia. Tu m'has ensarronat.

Mentre en Cesc condueix, camí de casa, sona el telèfon portàtil. Aprofitant un semàfor, el despenja.

–Sí?

–Pare, sóc la Mar.

–Que ets a casa, filla?

–Doncs, penja. Et truco de seguida, que estic conduint.

En Cesc deixa el portàtil al damunt del seient de l'acompanyant i prem els botons d'un altre telèfon, que duu incorporat a l'àudio del cotxe.

–Mar, perdona, filla. No sé què m'ha passat, que m'he equivocat d'hora i he arribat a l'Institut, quan tot just havíeu acabat la reunió.

–No t'amoïnis, pare, que ja he agafat tots els papers. Després te'ls ensenyo.

–En deu minuts em tens amb tu. M'esperes i sopem junts?

–Bé. De fet, acabo d'arribar a casa ara mateix. Encara no havia començat a preparar res.

–Doncs si et sembla bé, comença a sucar un pa amb tomàquet, que quan jo arribi faré les truites.

–D'acord.

–Per cert, què tal la nena que ens ha tocat a l'intercanvi?

–Ah, bé. A la foto es veu una mica cursi. No sé com dir-t'ho. Va vestida d'una manera, que si se li acut venir a l'Institut així, podem riure molt.

–Ah, sí? Per què?

–El llaç al cap, els volantets. Sembla treta d'una d'aquelles pel·lícules angleses de camp. Ah, i no li falten les piguetes a les galtes.

–Ha! Ha! –en Cesc riu–. Bé, Mar, penjo que estic entrant al pàrquing. I com es diu aquesta peça de museu?

–Jenny, Jenny Stone.

Dos

–Ostres, pare! Així no arribarem mai. Farem tard, com sempre.

–No, dona, no pateixis. Ja veuràs com encara que sigui pels pèls...

–Però que no veus en quin embús més rabiós estem ficats? Portem deu minuts sense moure'ns. Aquesta palmera pansida ja és com de la família.

–Au, va, Mar, no et posis nerviosa. Jo no tinc la culpa que, a aquesta nena anglesa, se li acudeixi venir un divendres a la tarda i que, en aquest cony de ronda, hi hagi hagut un accident.

–I tu com ho saps, que hi ha hagut un accident?

–Segur, dona! Bé, no ho sé. M'ho imagino. Allà al Moll de la Fusta sempre hi ha algun despistat que no gira a temps.

–Uf! Quina merda. Estic convençuda que en aquest tap no ha quedat atrapat cap dels pares de l'intercanvi. A l'aeroport hi deuen ser tots, menys nosaltres.

En Cesc prefereix no continuar discutint amb la Mar. De fet, ell, que és un home acostumat a arribar tard a tot arreu, aquesta vegada, també s'està posant nerviós. Es mira reiteradament el rellotge en va, perquè el del tauló del cotxe els informa, obsessivament, que falten una mica més de cinc minuts per a l'arribada de l'avió.

–Si aconseguim superar aquest escull, ens plantem a l'aeroport en un no res –diu ell per relaxar l'ambient.

La Mar no es pren la molèstia de contestar, perquè és evident que aquella retenció té molt mala pinta. La noia fa estona que s'ha ensorrat al seient i no para de mossegar-se les ungles i de canviar l'emissora, cada tres o quatre segons, a la recerca de no se sap què.

Pare i filla han sortit del pis, a la Vila Olímpica, fa més de mitja hora i, tan bon punt s'han introduït a la ronda litoral, s'hi han trobat encallats.

Tres quarts més tard, fan cap, adelerats, a l'aeroport. Entren corrents a la zona d'arribades de la terminal B; però, com és lògic, allà no troben ningú dels de l'Institut.

–Era aquí, oi? Buf, buf... –pregunta en Cesc panteixant.

–Això diu el paper –la Mar mira nerviosament a dreta i esquerra–. No veig cap cara coneguda. Què fem, pare?

–No ho sé. Buf, buf...

En Cesc se sent totalment asfixiat, ja que la panxeta incipient no està per gaires corredisses, però també culpable, perquè té tota la impressió que la Mar, amb el seu neguit, el deu considerar culpable de la tardança.

–Preguntem al taulell d'informació. Potser ens han deixat algun missatge –diu ella.

–Provem-ho. Buf, buf...

La Mar arrenca a córrer, però una mà forta l'atura, tot agafant-la pel braç.

–On vas tan de pressa?

–Tom! Quina alegria trobar-te... Uf! Ho sento molt. És que hem trobat unes retencions increïbles... On són...?

La Mar està tan nerviosa pel retard, que les paraules se li embarbussen. En Cesc també es desfà en explicacions.

–Bé, tranquils –els diu en Tom–. No us amoïneu, perquè ens hem organitzat. Com que el trànsit està tan malament i molta gent feia tard a la recepció, hem hagut d'agrupar els estudiants entre els pocs pares que han arribat a temps, i jo m'he quedat aquí per informar. A veure... –obre una carpeta–. La vostra es diu... –amb un bolígraf ressegueix una llista de noms.

–Jenny Stone –s'avança la Mar.

–Hum... Ja. La Jenny ha marxat amb la mare de la Teresa.

–La Teresa Camps, la de la meva classe?

–Sí, sí. A veure, la Teresa m'ha deixat el telèfon apuntat aquí, a la mateixa llista.

–Perfecte –diu la Mar–. Perquè no em sé el número de memòria.

–Saps on viu? –li pregunta en Tom.

–Sí. No em sé l'adreça, però hi sé anar. Si no m'equivoco viu prop del carrer Gran de Gràcia.

–Això mateix. Al carrer Montseny. Té, te l'apunto en un paper.

Tots els companys de la Mar són de Gràcia, que és el barri on es troba ubicat l'Institut Tirant lo Blanch. La família Badia sempre havia viscut a l'històric barri barceloní, però després de la mort de la dona, a en Cesc li va semblar que era una bona idea comprar un pis a la Vila Olímpica, i així canviar d'aires. La Mar només li va posar una condició per acceptar el trasllat, i aquesta va ser que, pels pocs anys que li quedaven d'ensenyament secundari, no volia canviar d'Institut. Dit i fet. La mudança va ser ràpida i, ara, ella ha d'agafar cada dia el metro; però les set parades que ha de recórrer no són un impediment prou gros per canviar de companys, molts dels quals ja li vénen de l'època del parvulari.

Pare i filla tornen al pàrquing de l'aeroport, una mica més asserenats. Un cop al cotxe, en Cesc ofereix el telèfon a la Mar.

–Truca a la Teresa, a veure si ja són a casa.

–No ho crec.

Marca el número de la Teresa, però els bafles del cotxe retornen el so intermitent del timbre, que deu estar repicant en un pis buit.

–Encara no han arribat. M'imagino que el trànsit de tota la ciutat deu estar col·lapsat.

–Són les set, la pitjor hora –confirma en Cesc–. I aquesta gent no tenen contestador?

–Crec que no. La mare de la Teresa n'és contrària.

–Quina gent més rara. Els conec?

–Segur que sí, però no te'n deus recordar. La Teresa és aquella noia, més aviat rosseta, que el seu pare és farmacèutic, i que de més petita havia vingut a dormir a casa algunes vegades. La mare era molt amiga de la d'ella.

–Ah, ja. Em sembla que ja sé qui són –això és, evidentment, mentida–. Torna a trucar, filla.

–Però, pare. Tranquil, home.

–No, si no ho dic per res. Però potser t'has equivocat en marcar. Sempre és millor tornar-hi, si a la primera no te l'agafen.

Totes les trucades són negatives. Finalment, després de moltes angúnies, motivades per les retencions successives que han anat trobant, tant a la Gran Via com al Passeig de Gràcia, arriben al carrer Montseny i aparquen com poden. En Cesc es mira el rellotge.

–Hòstia! Les vuit. Hem tardat més d'una hora des de l'aeroport. És increïble.

L'home està, evidentment, nerviós. Porta tota la tarda darrere d'una nena anglesa i encara no li ensuma ni la punta dels cabells. Del carrer estant, ell mateix torna a trucar a casa de la Teresa, però continua sense haver-hi resposta.

–Espera't aquí, que hi pujo. Potser tenen el telèfon espatllat –la proposta és de la Mar.

La noia torna sense cap resultat positiu, per tant s'han de preparar per a una espera de durada incerta. Llavors, davant de l'assetjament insistent de la guàrdia urbana, acaben tancant el cotxe en un pàrquing, brut i petit, en els baixos d'una casa ronyosa i estreta. Prenen seient en un bar sorollós, des d'on, cada quart d'hora, la Mar va repetint insistentment la trucada a casa de la Teresa. Finalment, cap a les nou hi ha senyals de vida.

–Au, va. Pare. Paga i marxem, que ja hi són.

–Caram! –mentre continuen xerrant, tots dos s'aixequen i van cap a la barra–. I què t'han dit? On s'havien fotut tota la tarda?

–Diu que han anat a comprar. La mare de la Teresa treballa i només pot fer la compra setmanal divendres a la tarda.

–Quina cara! ¿I s'han endut la nostra anglesa, acabada d'arribar, a passejar amb un carret per un súper?

–Això sembla. Però tu estigues tranquil i ara no et baral·lis amb la mare de la Teresa, que té molt mal geni.

Fets els tràmits de la recepció de l'anglesa a casa de la Teresa, i un cop aclarits tots els retards i les esperes, amb moltes dosis de cortesia i un pèl de falsedat, en Cesc i la Mar, amb la Jenny al seient del darrere, inicien el camí de casa, tot rodant per uns carrers que permeten una circulació força més fluida que la de la tarda. De fet ja són quarts de deu, hora en la qual la ciutat va afluixant el ritme.

L'aspecte de la nena anglesa representa alguns anys menys dels que deia la fitxa. Ningú no li faria els setze que enregistraven els papers de l'intercanvi. Pel que fa a la vestimenta i al pentinat, aquests no han decebut en absolut els seus amfitrions. Tots els ingredients que havien estat testimoniats a la foto han fet acte de presència, amb l'afegitó d'alguns d'addicionals: llacets, trenetes, puntetes, mitjonets i, no podia ser d'una altra manera, sabatetes de xarol.

Mentre obria les portes del cotxe, en Cesc no s'ha pogut estar d'adreçar-li una aixecada de celles a la filla:

–Ens han empaquetat una peça de vitrina.

La Mar li respon en to de condemna:

–No et passis, que em faràs riure.

Un cop al volant, emparat per la foscor, en Cesc inicia una aproximació protocol·lària a la nouvinguda.

–Entens el castellà?

–Hum... Hum... –la noia fa que no amb el cap.

–Però, vols que et parlem en castellà?

–Oh, no, no. Prefereixo en anglès.

–Bé. Només t'ho deia perquè a casa parlem en català, i si volguessis aprendre castellà, hauríem de canviar de xip.

No hi ha cap resposta. Pare i filla es miren estranyats. La base de l'intercanvi consistia que els estudiants d'aquí aprenien anglès i els d'allà castellà. Per tant, la posició de la nena és una transgressió franca a les regles del joc.

–Millor per a nosaltres –diu en Cesc–. Així farem pràctiques d'anglès a casa.

–Ja, però aquesta gent té molta cara –protesta la Mar, emparant-se en la impunitat de la incomprensió de la llengua–. La Teresa m'ha dit que del grup que ha arribat, n'hi ha un parell que parlen una mica de castellà i, pel que sembla, tots els altres només vénen per anar a les discoteques i a dormir tard, ja que a casa seva no els deixen sortir mai.

–Què dius, dona? A quina discoteca vols que vagi aquesta? Que no veus que l'han tret d'una casa de nines de porcellana?

–No em facis riure, pare. Ja t'ho he dit abans. I no continuem parlant entre nosaltres, que no és de bona educació.

–Més mal educada és ella, que no pensa fer cap més esforç que no sigui parlar el seu estimat idioma. És que no els suporto aquests anglesos. Són tan creguts!

–Mira, pare. Ara ja la tenim aquí. O sigui que a fer pràctiques d'anglès: tu i jo.

–És la primera vegada que véns a Barcelona? –la Mar pregunta a la Jenny.

–Perdó?

–Que si has estat mai a Barcelona?

–Ah? Que si ja havia vingut a Espanya?

–Bé, més o menys.

–Un estiu vaig anar a la costa amb els meus oncles.

–Ah, sí? I on vas estar?

–Jo què sé. Era un lloc amb molts apartaments i platja.

–I sol! –afegeix irònicament en Cesc.

–Sí, sí. Sol, molt de sol.

A aquella hora, els carrers de Barcelona són ben molls, ja que al matí ha fet un bon ruixat, i a la tarda ha anat plovisquejant a ràfegues. Ara s'hi torna a posar.

–Ja ho veus, noia, això no és Londres, però portem un mes d'abril de molta pluja i fred. Si això continua així, no crec que tornis gaire morena a casa.

Ella riu. Sona el timbre del telèfon del cotxe, fet que agafa com de sorpresa els ocupants del vehicle. En Cesc prem el botó que té al costat del canvi de marxes.

–Sí?

–Cesc! –és la Dolors i crida molt.

–Dolors, no cal que parlis tan fort.

–És que estic en una cabina i et sento com lluny.

–No pateixis i afluixa la veu, que t'he connectat a l'equip d'àudio del cotxe.

–Com pot ser que sempre siguis tan *yuppie*?

La Mar riu. La Jenny, que no entén res de la conversa telefònica, fa veure que mira el paisatge, però no veu més que una ciutat de nit, amb cotxes, llums i pluja. El seu cap, lògicament, no és allà.

–Escolta'm Cesc –continua la Dolors–. Et truco perquè et necessito.

–Ara?

–Com ho has endevinat?

–Però és que en aquests moments...

–No em vinguis amb orgues, estimat. Jo sempre he confiat en tu, i ara no em pots fallar. Et necessito molt, amor meu... –els *baffles* emeten uns sorolls que sonen com obscens i que deuen ser petons que la Dolors transmet pel micròfon del telèfon.

La Mar, després de posar els ulls en blanc, despenja l'auricular, desactiva l'àudio i ella mateixa sosté l'aparell, a fregar de l'orella del pare, que, confós, no sap si ha de penjar, o bé demanar a l'amiga de tota la vida que torni a trucar a casa més tard.

–És que no vaig sol al cotxe, Dolors –respon ell tímidament.

–Ah, no?

Havent desconnectat l'àudio, la conversa pren un aire més recollit. La Mar fa signes al pare, com fent-li veure que ell només es preocupi de conduir, que ella ja li aguantarà l'auricular.

–És que acaba d'arribar l'anglesa i l'acompanyo a casa.

–Caram, Cesc! Ets insaciable.

–**Plou molt a Bournemouth?** –la Mar decideix passar del pare i dels seus embolics de faldilles.

–**Sí** –la Jenny no aparenta ser gaire extravertida.

–Deixem-ho córrer, Cesc –la Dolors continua–. Ja et conec prou i ara no em posaré gelosa per una nova competidora, de la llarguíssima llista de dones que han anat caient a la teva xarxa.

–Però què dius, si...

–Què voldràs sopar? –li pregunta la Mar, definitivament girada cap al seient del darrere.

–No tinc gana.

–Mira, Cesc. Tinc poques monedes i t'ho hauré d'explicar de pressa. Aquesta tarda hem fet la concentració a la plaça Sant Jaume. La cosa ha acabat com el rosari de l'aurora i els mossos d'esquadra han repartit molta llenya. Tenim quatre detinguts de la Coordinadora d'APA i mitja dotzena de contusionats als hospitals.

–Ostres!

–Que ja has menjat a l'avió?

–Sí.

–Jo encara tremolo. M'han fotut un parell de garrotades a l'esquena que m'han deixat baldada.

–Deus estar cansada.

La Mar va mantenint una espècie d'interrogatori amb la col·lega anglesa, mentre continua sostenint el telèfon.

–Sí.

–En aquests moments ens hem tancat al Centre del Pati Llimona en assemblea permanent i no en pensem sortir fins que no ens rebi el conseller.

–Tens molta colla al teu poble? –pregunta la Mar.

–No gaire.

–Sou molts?– pregunta en Cesc.

–Tota la Coordinadora i un grapat d'amics, no sé... Més de cent. Però és que hi ha molta indignació. ¿Tu creus que un moviment de suport a l'ensenyament públic, l'han de reprimir els mateixos que l'haurien de defensar?

Surts amb algun noi? –la Mar pregunta a la Jenny, sense embuts.

–Bé, no...

–No sé en què puc ser útil, però de seguida vinc.

–Això se'm tallarà aviat, Cesc. Només et vull dir que si véns, ens podries ajudar a redactar el manifest de l'assemblea.

La Mar li indica al pare que se li està cansant el braç.

–D'acord, abans de mitja hora em tens amb tu. Un petonet i fins ara.

–Em sembla que algun xicot deus tenir, oi?

–Hi! Hi! Hi! –la Jenny té un riure de rateta avergonyida.

Tot just penjar, arriben a la porta del pàrquing, però a en Cesc no se li endevina cap intenció d'entrar-hi el vehicle.

–Tinc un compromís urgent, filla. Ja us ho fareu tu i la Jenny. Tu mateixa li expliques que he hagut de marxar, d'acord?

Del carrer estant, en Cesc surt del cotxe i treu la bossa de la Jenny del maleter. Per sort, ja ha parat de ploure.

–Fins després, Mar. No crec que tardi.

–Un bon bandarra estàs fet –la Mar li fa un petó i un pessic–. Vigila amb la Dolors que va per tu.

En Cesc puja al cotxe i arrenca cap a l'assemblea. Quan les noies entren al pis, el telèfon està sonant.

–Sí?

La Mar ha deixat la bossa i ha corregut per despenjar-lo a temps, la Jenny s'ha quedat plantada al rebedor.

–Jenny! Vine, que és la teva mare. Diu que vol parlar amb tu.

Mare i filla tenen una conversa típica sobre el viatge. Quan la Jenny penja, es mostra un pèl més desimbolta.

–La meva mare s'ha quedat molt afectada pel fet que tu no tinguessis mare –li explica riallera la Jenny–. **Diu que això no constava a la fitxa.**

–Ara no ho recordo...

–No t'amoïnis. És que és la primera vegada que surto sola i està molt nerviosa. De tota manera, encara s'ha estranyat més quan li he dit que el teu pare ha hagut de sortir, i que tu i jo estàvem soles a casa, a aquestes hores.

–Ja!

–M'ha dit que li digui al teu pare que li agradaria parlar-hi.

Tres

–«Quina hora deu ser? Hi ha molta llum.»

La Mar dóna mitja volta al llit i es tapa el cap amb el coixí.

–Hum...

Han hagut de passar cinc lamentables dies, de dilluns a divendres, perquè la Mar pugui gaudir d'un dels màxims plaers que, segons ella, hi ha en aquesta vida i que només un bon dissabte o un bon diumenge poden oferir, i aquest no és altre que mandrejar al llit, sense cap pressa, sense rellotges. El tacte dels llençols, l'escalforeta que va des dels peus fins a més amunt del pit, el cap enterbolit, mentre van fluint, desordenadament, gairebé inconscientment, grapats d'idees i sentiments. I altra cop mitja volta.

–La Jenny!

La Mar s'aixeca del llit d'una revolada. S'havia oblidat completament de l'estrangera. Amb l'ensurt, s'ha posat dreta tan de pressa, que s'ha de tornar a asseure al llit, perquè el cap li roda. Es posa les mans a la cara i es refrega els ulls, mentre reprèn forces.

–«No entenc què em deu haver passat, que m'he oblidat completament de la Jenny; però és que estava molt cansada, tenia molta son.»

Mira el rellotge. És un quart de dotze. Es torna a aixecar, es calça les sabatilles i se'n va a l'habitació de la Jenny. És buida. Va a l'habitació del pare.

–«Aquest no ha dormit aquí» –pensa.

Se'n va a la cuina i remira el tauler on tots dos acostumen a deixar-se les notes. Res, tampoc.

–Ep! –fa la Mar quan, de sobte, s'adona que la porta del balcó està mal ajustada.

S'hi acosta per tancar-la, i és llavors quan veu la Jenny asseguda fora: vestida i pentinada, amb la mirada perduda a l'horitzó del mar.

–Jenny. Bon dia. Sento haver-me adormit, de veritat, però és que estava molt cansada.

–Bon dia, Mar. No t'amoïnis per mi. Me les he apanyat sola.

–Has dormit bé?

La Mar torna a entrar al pis per agafar una cadira i seure fora, al costat de la Jenny.

–La veritat és que no gaire. He estat com molt neguitosa i m'he anat despertant tota la nit.

–Encara deurien ser els nervis del viatge.

–Segurament que era això, perquè el llit és molt còmode i l'habitació també. Moltes gràcies, Mar. Ets molt amable, de veritat.

El dia és esplèndid, després de tota una setmana molt plujosa. Una mica ventós, això sí. Però el cel ha aconseguit aquella claror neta que acostuma a venir després de la pluja. Allà, en aquell balcó, arrecerades, i amb el blau brillant del mar al davant, tot és com més amable. Les dificultats d'una arribada tempestuosa s'han esvaït amb l'aparició d'un dissabte generós. Els barcelonins deuen compartir aquesta opinió, perquè ja se'n veuen molts que volen celebrar la primavera, encara incipient, amb una passejada per l'avinguda del Litoral.

–Deus tenir molta gana, oi? A quina hora t'has llevat?

–A les vuit.

–Ostres! Doncs llavors segur que estàs morta de gana.

–És que les vuit és la meva hora. No em sé llevar més tard ni que ho vulgui. Però no t'amoïnis, Mar, que he obert la nevera i m'he pres un iogurt.

–Si et sembla bé, vaig a fer una cosa. Tu no et moguis d'aquí, que preparo l'esmorzar, i el trec aquí fora amb la taula de la saleta.

–Una gran idea, Mar. Però deixa'm que t'ajudi.

–No, no, sisplau. Demà ja ho faràs.

La Mar s'escarrassa a preparar un esmorzar ràpid. La Jenny l'ajuda a traslladar la taula. Fet i fet, quan s'hi posen ja són gairebé les dotze.

–A casa meva ara estaríem preparant el dinar –diu la Jenny.

–Ho sento, però aquí et tocarà patir amb els horaris.

–Ja ens ho havien advertit, però la veritat és que un canvi, a vegades, va molt bé. Allà tot és massa monòton. I per cert, Mar, i el teu pare?

–Doncs et seré franca, Jenny. No ho sé.

–Ho! Ho! Que divertit! I sempre viviu així?

–No, dona. Ara no agafis un mal concepte de nosaltres. El meu pare es dedica a tot això del màrqueting, i es veu que en la seva professió hi ha un ambient més aviat bohemi.

–I tu, què? Sempre t'has d'espavilar sola?

–Quan vivia la mare tot era molt normal, llevat que al pare el veia poc; però quan va morir, fa tres anys, les coses van canviar. Es pot dir que ara hi ha força més disbauxa que abans.

–No et sap greu, si et pregunto de què va morir la teva mare?

–D'accident. La va atropellar un autobús.

–Quin horror!

La Mar se la mira amb impotència.

–Perdona, no et volia posar trista. Ja sé que m'està malament dir-ho, però no saps com t'envejo. No m'interpretis malament, no ho dic per això de la teva mare, sinó per la llibertat que tens. En canvi, a casa tot és tan rígid. No és que em queixi, però és que el pare no entén res del jovent i m'envia la mare a controlar-me tots els moviments. I t'ho juro, que la dona fa la feina a consciència.

–Ah, sí?

–Va ser ell qui es va entestar a internar-me al Victory Queen i, lògicament, la mare ho va trobar bé.

–Vius internada a l'escola?

–Sí.

–I el Victory Queen és només per a noies?

–Sí. No saps ben bé com odio aquesta vida que duc. En canvi tu...

Les noies confraternitzen, tot i les naturals dificultats d'idioma, ja que en algunes ocasions la Mar no acaba de trobar les paraules o les frases adequades per expressar les idees, amb tota la riquesa que ella voldria. Altres vegades, li costa entendre totalment les expressions col·loquials de la Jenny.

Quan la nit anterior en Cesc va arribar al Centre del Pati Llimona, es va trobar amb un panorama realment exaltat. L'assemblea es feia en una gran sala, amb una decoració magnífica que compagina les pedres medievals, el sostre de fusta policromada, amb els llums halògens. El marc, sofisticat, no aconseguia temperar uns ànims, que a en Cesc li recordaven el moviment estudiantil de la seva època. Se sentien crits, es corejaven consignes, hi havia intervencions enceses i votacions que sempre feien vèncer les alternatives més radicals. La Dolors l'esperava a la porta de fora del Centre, on hi havia una discreta vigilància policíaca. Es van besar, primer de compromís; després, en veure que ningú no els mirava, es van tornar a besar, però aquesta vegada com ho fan els amants.

Aquesta nova retrobada entre en Cesc i la Dolors que, de fet, és una més en la seva llarga història com a parella frustrada, està tenint un aire especial. Potser és per les circumstàncies de la lluita per la defensa de l'ensenyament públic, però la veritat és que en pocs dies han trobat dotzenes de motius per veure's en tota mena de reunions i negociacions i, potser per això, o per vés a saber què, han represès les coses de l'amor, amb un foc inesperat. El marit de la Dolors, en Ricard, un home violent de mena, s'ensuma alguna cosa.

Cap a les onze de la nit, el conseller d'Ensenyament, en persona, va trucar al president de la Coordinadora d'APA de Catalunya per reprendre les negociacions aquella mateixa nit. Quan la notícia es va saber al Pati Llimona, hi va haver un gran enrenou entre els esforçats lluitadors. Com que la cita per a la reunió era a les dotze al Palau de la Generalitat, de seguida es van tancar les diferents comissions de treball, disposades a canviar els manifestos per punts de negociació. Aprofitant l'enrenou, la Dolors i en Cesc es van fer els fugissers en una de les saletes del Centre que havia quedat buida. Tots dos sentien la passió a flor de pell. La Dolors va tancar la porta, va passar el baldó i es va començar a descordar la brusa. En Cesc, nerviós, no es trobava els botons, ni l'encertava amb el trau del cinturó. Mentre duraven aquestes tasques, es van fondre en un petó encès, encara drets, repenjats a la porta d'entrada; d'aquesta manera s'anaven despullant i besant, fins que van sentir crits i cops a la porta.

–Dolors! Dolors! Corre! Surt, que per aquí corre el teu marit preguntant per tu –era la veu de la Quima, una bona amiga.

–Hòstia! En Ricard.

A la Dolors li faltaven mans per cordar-se botons, cremalleres i gafets. Per la seva banda, en Cesc encara es va mostrar més esverat. Fora, la Quima intentava frenar en Ricard, que estava com embogit. La Dolors, despentinada i mal cordada, va acabar obrint la porta, en sentir els crits de l'amiga. En Ricard les va colpejar totes dues i es va llançar sobre en Cesc. L'enrenou va originar l'alarma entre els congregats, que van acudir massivament a la zona del conflicte i, inevitablement, les bufetades i els cops es van estendre entre els qui pretenien separar els qui lluitaven, malgrat que ben pocs sabien els autèntics motius de la batussa.

–Aquell! Aquell és qui ha començat. És un policia secret –alguns deien assenyalant en Ricard.

–Què passa? –preguntaven altres.

–No ho sé. Diuen que tot ha vingut quan algú ha enxampat aquell *yuppie*, amic de la Dolors, intentant filtrar informació al Gabinet del conseller.

La policia, que havia reforçat la vigilància al Centre, es va creure autoritzada a entrar quan el conserge va sortir mig despentinat, cridant que allò de dintre era un infern. Amb l'arribada de les forces d'ordre, la batalla es va generalitzar, ja que per a molts dels concentrats es van revifar els records dels cops que havien rebut a la tarda, i en l'ambient hi havia un cert aire de revenja. Tothom corria. Tothom va rebre i tothom va repartir. Hi va haver molts contusionats, i en Cesc, en Ricard i set o vuit més, van acabar tancats a comissaria, acusats d'altercats i de destrosses en un centre públic, que, finalment, va quedar literalment arrasat.

Després d'esmorzar, la Mar i la Jenny surten a passejar per la Vila Olímpica. L'anglesa està meravellada:

–És increïble. La gent, el sol... Això no passa al meu poble ni en ple mes d'agost.

–Però també teniu platja, oi?

–Sí, però les tempestes, el vent i el fred, fan que ens mirem la costa d'una altra manera. En canvi, aquí, tot és com més alegre, i això que encara som a principi d'abril.

S'asseuen a uns graonets que hi ha justament a la sorra de la platja.

–Et puc fer una pregunta? –li diu la Mar.

La Jenny fa un posat de: Au, va. Endavant.

–Com és que t'has apuntat a l'intercanvi, si no t'interessa aprendre castellà?

–Doncs no és fàcil d'explicar. Però tu ja m'entens: les amigues, el viatge, Barcelona. Ben bé no ho sé.

–Però jo aprendré moltes coses en aquest programa, ja que tu em cedeixes el temps que hauries de destinar al castellà. En canvi, tu només guanyes un viatge.

–Tens raó, però no saps, Mar, el que representa per a mi sortir d'aquell infern d'escola... i de família.

–Ja, ja.

–Hi ha una altra cosa que t'hauria d'explicar... –la Jenny està neguitosa–. **La veritat és que no sé com dir-t'ho. Em fa molta vergonya.**

–Endavant, Jenny. Et guardaré el secret.

–Sisplau, Mar. No ho expliquis a ningú –es fa un silenci–. **Hi ha un noi.**

–Un noi?

La Mar se'n fa creus. És l'última cosa que s'esperava d'una angleseta pèl-roja, pigada, amb cara de portar una vida de cotó fluix. Tot i que s'ha d'acceptar que en el seu primer dia barceloní, la noia ha normalitzat la imatge. S'ha fet una cua, s'ha posat texans i no duu cap llaç per enlloc, malgrat que la brusa seria considerada una antigalla per qualsevol noia de la colla de la Mar.

–I vols dir que t'has apuntat a l'intercanvi per culpa d'un noi? –la Mar insisteix.

–No és fàcil d'explicar, però ho intentaré. A casa, cada estiu, tenim estudiants allotjats. No et pensis que és com això d'ara. Són gent que vénen un o dos mesos a l'estiu. Viuen amb nosaltres i durant el dia estudien anglès. A Bournemouth hi ha molta gent que s'hi dedica. Representen uns ingressos complementaris per a les famílies, que els pares diuen que no van mai malament. Això sí, el pare només admet noies, perquè, segons ell, són menys conflictives.

Totes dues continuen assegudes en els graonets de la platja, mirant l'horitzó.

–L'any passat vam tenir una noia de Barcelona i una altra de Torí. Jo ja havia fet els quinze anys i elles només me'n duien un o dos. Ens vam fer molt amigues. Elles, sobretot la Sílvia, la barcelonina, estaven molt interessades a conèixer la meva colla. Va ser llavors quan va començar a aparèixer un xicot molt simpàtic, que era amic de la Sílvia. Es deia Xavi i estava allotjat a una casa del mateix barri que nosaltres. En Xavi també era de Barcelona. Sembla que, ell i la Sílvia, s'havien conegut a l'avió. Tots quatre: en Xavi, la Sílvia, la Francesca, la italiana que també s'estava a casa, i jo, vam fer un grup molt ben avingut. He de reconèixer que tot el bon ambient que es va crear entre nosaltres el devíem a en Xavi. Ell, que ens deia les seves nenes, era el nostre heroi. Parlava pels descosits i explicava acudits contínuament. Tenia un anglès força fluid, i el que no sabia s'ho empescava. Curiosament, tot i que només tenia quinze anys, semblava més gran que els nois de la seva edat. Era morè, tenia

els ulls negres, i era força alt. Ben aviat, en vam quedar totes tres enamorades.

–I la Sílvia. No estava gelosa?

–Al principi una mica. Però rèiem tant, que no ho sé, no li deuria quedar temps per a la gelosia. De fet, d'entrada no va passar res de l'altre món entre en Xavi i nosaltres: ni amb la Francesca, ni amb mi; i penso que entre ells dos, tampoc.

–Tens gana?

–Una mica sí.

Malgrat que han esmorzat tard, ja se'ls han fet quarts de tres i l'estómac es comença a queixar.

–Una pizza?

–Oh! Fantàstic –diu la Jenny.

Pel passeig, tot caminant arran de platja, continuen xerrant.

–I què fèieu? On anàveu?

–A casa meva, mai. Bé, llavors era casa de totes tres. Ja et pots imaginar que els nois tenen l'entrada vetada a casa. Doncs quan el temps ho permetia, passejàvem molt, pels parcs, per la platja, per l'espigó, i si no, ens tancàvem a casa d'en Xavi, que estava allotjat en una família molt liberal de costums, com les d'aquí, vaja.

–I com va ser que tu i en Xavi...? Perquè m'imagino que alguna cosa hi deuria haver.

–Doncs tot va canviar quan en Xavi es va assabentar que jo tenia uns amics que havien format un grup de rock. Em va pregar que els hi presentés i, ben aviat, vam començar a freqüentar un garatge abandonat on els meus amics assajaven. Són un grup molt destarotat que toquen una música dura, duríssima.

–Caram! Jenny, em tens meravellada.

–Ho dius pel meu aspecte? No et preocupis, tot és culpa dels meus pares. Em fan vestir de la manera més tradicional que se'ls acut. Però com que ja m'he cansat de barallar-m'hi, passo d'ells. Ara, que sempre que puc, m'escapo i me'n vaig amb els *rockers*. En un principi sempre se'n fotien, de mi, però de mica en mica em van començar a acceptar. Amb les trenetes i tot.

–Vols que aquests dies et deixi samarretes i texans? –s'ofereix la Mar, solidaritzant-se amb els problemes de la Jenny.

–Sí, per favor, Mar.

–I tu continua explicant-me tot això d'en Xavi.

–Doncs abans d'una setmana s'havia fet el líder de la banda.

–Caram, amb aquest xicot.

–Era fantàstic! –la Jenny s'emociona–. **Tocava la guitarra com l'Elvis, cantava com en Mick Jagger. Tot fibra, tot nervi. Era l'aire que els faltava als meus amics. Una ànima llatina que donés coratge i sentit als seus ritmes, un pèl monòtons i viciats. Llavors ja érem molts que l'estimàvem i, a poc a poc, en Xavi va començar a ser una mica més meu. Jo em pintava, mentre que les noies de casa m'oferien robes modernes, com tu has fet ara. Em posava samarretes i pantalons curts d'elles; i sortia de casa d'amagat, per la porta del darrere, mentre que la Francesca o la Sílvia distreien la mare.**

Tot caminant, arriben al Pizza Hut de l'espigó del Port Olímpic. Demanen la ració de pizza i les coca-coles pertinents i s'asseuen a fora. Malgrat que fa una mica de vent, el sol és agraït.

–I què? Què? –la Mar està pendent del fil.

–El darrer cap de setmana de la seva estada, el dissabte, vam organitzar un concert, en el mateix garatge. El tenen una mica desbaratat, però a tothom li anava bé. Ells van convidar molta gent de l'escola. L'actuació va ser a càrrec dels meus amics, reforçats amb en Xavi i, fins i tot, en una cançó, la Francesca, la Sílvia i jo, vam ballar a l'escenari, molt ben conjuntades, no et pensis. A casa els vam enredar i els vam dir que anàvem a una festa organitzada per l'escola de les noies, que es tractava del comiat.

–I s'ho van empassar?

–No va ser fàcil, però al final m'hi van deixar anar. Uau! –els ulls de la Jenny brillen amb el record–. **En Xavi va ser l'estrella, i aquella nit jo vaig ser la seva noia. Va cantar, vam ballar i després vam anar a la foscor del prat del costat. Em**

va besar. Mira –li diu a la Mar posant-se el dit índex als llavis–. **Encara hi tinc la mel. No la veus?**

–Ha! Ha! I no l'has vist més, és clar.

–Em va deixar l'adreça. Li he escrit moltes cartes, però ell no m'ha contestat mai. Sempre he tingut l'esperança que el que passava era que no li arribaven. Potser ha canviat de casa. La resta ja te l'imagines. He viscut gairebé un any en aquell cony d'internat somiant amb el meu Xavi: matí, tarda i nit. I quan a l'escola ens van presentar aquest intercanvi, vaig fer un bot d'alegria. Li vaig dir al meu pare que m'apuntaria a les classes de castellà. Vaig fer veure que hi estava molt interessada i aquí em tens, a Barcelona, amb l'únic objectiu de trobar en Xavi.

–I en tens l'adreça?

–La tinc al teu pis. No la recordo tota però em sé perfectament el final: 08921 Santa Coloma G. Barcelona. Spain.

–Ostres! Santa Coloma! –exclama la Mar.

–Què passa? –pregunta la Jenny espantada.

Quatre

A la comissaria del carrer Nou de la Rambla tenen lloc els interrogatoris dels detinguts a la batalla del Centre del Pati Llimona. El comissari Arnau s'ha fet càrrec de la investigació.

–A veure, senyor Francesc Badia, vostè ha declarat que no té res a veure amb la baralla, ni amb les destrosses, que un grup d'exaltats de la Coordinadora d'APA va provocar anit al Centre del Pati Llimona.

–Això mateix –respon en Cesc amb les mans tapant-se la cara–. Ja li he dit que jo no en sé res i que vull el meu advocat.

–D'acord, d'acord. Ara el podrà veure, el seu advocat. Però vull que sàpiga que hi ha alguns fets que no ens encaixen.

–Ah, no?

Un cop detingut, en Cesc va haver de ser atès, de les contusions i els cops rebuts. Després a comissaria, els policies van cometre l'error de tancar-lo a la mateixa cel·la que en Ricard.

–Doncs miri, no ens encaixa gens que, lesionat com estava, els guàrdies l'haguessin de separar del seu company de cel·la, perquè tots dos no paraven de repartir-se llenya i no deixaven dormir ningú, amb tants crits i cops.

–Era ell qui no parava –es defensa en Cesc.

–Pròxima estació: Santa Coloma –anuncien els altaveus dels vagons del metro de la línia 1.

Després de dinar, la Mar i la Jenny han anat al pis, on han agafat una guia de carrers de l'escriptori del pare, i s'han llançat cap al metro amb la intenció de dedicar la tarda del dissabte a la recerca d'en Xavi. Una hora més tard d'haver arribat a l'estació de la plaça de la Vila de Santa Coloma, i després d'haver-se equivocat un parell de vegades, les noies enfilen el carrer Ciutadella, que és l'adreça que en Xavi havia deixat a la Jenny.

–A veure, el número és el 35, entresol, segona B.

Un cop assolit el carrer, la Mar aprofita per confirmar les dades del pis, mentre que la Jenny, per la seva banda, comença a mostrar-se nerviosa, davant de la possibilitat que es materialitzi el retrobament tan desitjat.

–Quan el vegi em desmaiaré –sospira la Jenny en veu baixa, tot arrossegant els punys del jersei que li ha deixat la Mar.

–Calla beneita.

Caminen de pressa, mentre que els números dels edificis van pujant lentament.

–Vint-i-tres, vint-i-cinc... –va llegint la Mar.

Les esforçades exploradores es mouen en un ambient popular, totalment estrany, tant per a l'una com per a l'altra. La vorera, estreta, les obliga a aturar-se cada dos per tres, per deixar passar algun cotxet de criatura, o bé per esquivar grups de contenidors que apilen més brossa fora que dins. Per altra banda, la sinuositat del mateix carrer Ciutadella, mal arrenglerat per una barreja de cases antigues i per edificacions noves envoltades de parets mitjaneres, té unes numeracions erràtiques, i sovint repetitives.

–Trenta-cinc. No hi ha cap dubte, és aquí.

El bloc de pisos, on se suposa que viu en Xavi, té una façana amb balcons tapats amb tancaments metàl·lics, que mig oculten la roba estesa. L'escala té una entrada fosca i bruta. Pugen fins al primer pis, que ostenta el rètol d'entresol, i truquen a la porta indicada.

–Ring. Ring.

Esperen en silenci, nervioses. Tot i ser mitja tarda, l'escala guarda amb zel una fortor d'olors barrejades, on es mesclen tota mena d'aliments cuinats, entre els quals es podria destacar el peix fregit i el cafè. Es miren.

–Ring. Ring –insisteixen.

Ja s'ha fet mitja tarda, quan la jutgessa de guàrdia organitza un acarament entre en Cesc i en Ricard per aclarir l'origen de la monumental batussa de la nit anterior. El comissari Arnau i els advocats hi són presents.

–Senyor Francesc Badia, coneix el senyor Ricard Reguant?

En Cesc, amb el cap cot, es nega a mirar els ulls del marit de la seva amant. No hi ha resposta.

–Li recordo –la jutgessa mira l'advocat d'en Cesc– que el seu client està sota jurament i que està obligat a contestar.

Finalment, remugant, en Cesc reconeix el seu interlocutor. Quan li toca el torn a en Ricard, aquest fa la mateixa comèdia dilatòria, de no acceptació de l'enemic. Però un cop acabades les formalitats de les presentacions, el mateix Ricard dóna un cop de puny a la taula i s'aixeca. Ara sí que mira en Cesc, de fit a fit:

–Aquest és el traïdor, que se'n va al llit amb la meva dona sempre que vol! Ell té la culpa de tot!

En Cesc, a qui encara couen els cops que va rebre, també s'aixeca de la cadira, bramant:

–Si em tornes a pegar, aquest cop et rebentaré el nas! No m'enganxaràs distret com anit!

–Distret? Ho ha sentit jutgessa? En pilotes que el vaig enxampar amb la meva Dolors! El molt porc! D'això en diu estar distret!

La jutgessa talla l'acarament per evitar mals pitjors. Els guàrdies retornen els dos detinguts a les cel·les, separades, això sí.

–Senyors, *chercher la femme.*

Carregada de resignació, la jutgessa aixeca la sessió.

40

Al carrer Ciutadella, 35, entresol, segona B, de Santa Coloma de Gramenet, ningú no ha respost als trucs insistents de la Mar i de la Jenny. Però lluny de donar-se per vençudes, les noies truquen a la porta del segona A. La senyora Carme, amb molt de recel, les atén amb la cadeneta posada.

–Uf! Ara ja no hi viu ningú.

–Però vostè no coneix en Xavi, en Xavi Vives?

–I tant, si el conec –la dona finalment es decideix a obrir la porta de bat a bat, tot i que la conversa continua a l'escala–. Era un noi fantàstic, llàstima de pares. Bé, de mare, volia dir, perquè al pare no l'hem conegut mai.

–I què vol dir? Que potser li ha passat alguna cosa?

–No. Bé, sí. Ara fa tres mesos es va presentar un jutge amb uns policies i els van fer fora. Ens van explicar que es tractava d'un desnonament. Tot va ser tan ràpid! Si almenys ens haguessin demanat ajuda. En altres casos semblants s'ha aconseguit aturar el desallotjament del pis, però la mare d'en Xavi, l'Encarna, és una dona tan rara... De fet no es feia gaire amb ningú. Doncs creieu-me que el propietari els va fer fora de males maneres, i no n'hem sabut mai més res, d'ells. Pobre Xavi. Un noi tan maco!

La senyora Carme sospira. La Jenny somriu i fa veure que segueix la conversa. Però de fet, no hi entén un borrall.

–I no sap on viuen ara?

–Ho sento noies. L'Encarna és molt esquerpa –la dona obre el llum del rebedor i els ensenya un munt de papers que té al damunt del moblet, tan alt que gairebé tapen la imatge daurada d'una Mare de Déu que plora llàgrimes de sang–. Mireu, tota aquesta pila és per a ella, la majoria són factures i avisos del banc. Jo ho vaig guardant, però no sé per què. Ai! Ja deu ser ben bé que tota la simpatia de la família l'ha concentrada en Xavi. Ara que hi penso, guardo una foto que em vaig fer amb ell un any per carnaval –agafa un marc dels del rebedor i els l'ensenya. Al retrat es veu ella mateixa, amb bata i sabatilles, al carrer, just a la porta de l'escala, amb un nen d'uns deu anys vestit de Peter Pan. És un nen prim i molt morè, amb cara de trapella–. Si n'és de maco aquest noi. Ja de petit te l'haguessis menjat a petons. Era tan graciós!

La Jenny agafa la foto, es posa vermella i riu nerviosament.

–És ell, oi? –li pregunta la Mar.

–Jo diria que sí, però el meu Xavi era una mica més gran.

–Miri –la Mar es dirigeix a la dona que observa estranyada com totes dues parlen en anglès–, és que aquesta noia ha vingut expressament d'Anglaterra per veure'l. ¿No ens podria donar ni una pista per trobar-lo?

–Ho sento molt, nenes, i sobretot per la senyoreta estrangera, però l'únic que us puc dir és que la seva mare era secretària d'una penya, crec que de la Penya Motril, que és molt famosa aquí al barri.

–Moltes gràcies, senyora. Ens ha ajudat molt.

En sortir, s'aturen a un bar de fluorescents alts i rajoles policromades, a prendre un cacau i recuperar forces.

–Tradueix-me, sisplau, Mar –la Jenny està neguitosa.

–Tot plegat res...

La Mar fa un resum de tot el que ha donat de si la conversa amb l'ex-veïna d'en Xavi.

–Però ell està bé? No és a la presó?

–Tranquil·la Jenny. En Xavi està bé. N'estic segura.

–Tens la llibertat condicional amb una fiança de cinc milions –li anuncia l'advocat.

–Una fiança de cinc milions? –s'escandalitza en Cesc.

–Noi, la jutgessa ha decidit inculpar-vos a tu i a en Ricard, pels càrrecs d'incitació a la violència i de destrosses en local públic.

–Però jo no els tinc, els cinc milions!

–Com pot ser que en Xavi, amb una família que aparentment no té ni un duro, aconseguís anar a estudiar l'estiu passat a Bournemouth? –la Mar pregunta a la Jenny.

–Em va explicar que estava allà gràcies a un concurs que havia guanyat.

–Quina sort.

–El noi deu ser pobre, però t'ho juro que s'ho val, Mar.

–Ja, ja.

Mentre xerren, han fet cap a la Penya Motril. Obren la porta tímidament. La gent de la penya se les mira amb estranyesa, però la majoria d'ells, vestits a la manera andalusa, continuen amb les pràctiques de sevillanes. La Jenny queda embadalida. Per fi té ocasió de veure l'Espanya que li havien explicat. Travessen la sala de ball i passen a una zona on hi ha una espècie d'oficina, on la Mar pregunta a la primera noia que troba:

–Encarna? No deveu pas preguntar per l'Encarna, la mare d'en Xavi.

–Sí, sí –respon la Mar.

–Però què dieu? No deveu pas ser família d'ella?

–No, i ara.

–Mireu, val més que per aquí no pregunteu gaire per ella. Aquella porca era la secretària i tresorera de la penya i va fugir amb els diners. Ara no sabem on viu, però si l'enxampem us juro que se'n penedirà.

Quan surten de la penya són més de les vuit. La Mar torna a fer labors de traducció per a la Jenny, aquest cop de les noves indagacions. Decebudes pels mals resultats de la recerca, s'asseuen en un banc d'una placeta desballestada i envoltada de parets amb tota mena de grafits.

–Penso que ens hem quedat sense pistes. Però no ens resignarem tan fàcilment a perdre en Xavi, oi Mar? –la Jenny gairebé implora a la seva amfitriona.

–Espera, Jenny. Tinc una idea. És clar que, vés a saber...

–Digues, digues, sisplau, Mar. Total, pitjor que ara no hi estarem.

–Dius que en Xavi és un bon músic i cantant, oi?

–Oh! Sí, el millor –respon la Jenny enfavada.

–I segurament deu tocar en algun grup.

–És clar que sí! Segur.

–Doncs anem a l'Ajuntament.

De l'Ajuntament les dirigeixen al Casal de Joves Masfonollar. Un cop allà, les informen que els grups de rock tenen moltes dificultats per trobar locals d'assaig, a causa de les queixes dels veïns; i que, precisament per això, s'han obert uns locals al Parc del Molinet perquè totes les bandes de música hi puguin assajar, i que si hi van demà, diumenge, a la tarda, segurament hi trobaran bon ambient, ja que hi ha un concert de grups locals.

–Veus, com encara ho arreglarem això d'en Xavi? –la Mar anima la Jenny.

–Gràcies, Mar. No sé com et podré pagar tot el que estàs fent per mi.

Arriben a casa cap a les onze de la nit, mortes de gana i de cansament. Del pare, cap senyal.

–«Potser m'hauria de començar a preocupar per ell» –es pregunta la Mar.

D'entrada no hi havia pensat, però al cap d'una estona consulta el contestador automàtic.

–Piit. Mar, sóc el pare. Perdona'm per l'absència. No és que m'hagi oblidat de tu i de la Jenny, és que la meva trobada d'anit s'ha complicat una mica i no puc deixar les coses a mitges. Espero ser a casa demà. Un petó, i tingues cura de la Jenny.

–«Que misteriós que està el pare. Aquest se m'ha enamorat.»

–Piit. **Jenny, sóc la mare. He trucat diverses vegades i no us he trobat. Espero que estiguis bé. Sobretot recorda al pare de la Mar que m'és molt important parlar-hi.**

Cinc

L'endemà, diumenge, la Mar i la Jenny es lleven tard, gairebé al migdia. Les noies tenen els seus motius. Anit, després de la recerca frustrada d'en Xavi, i en acabat de sopar, van fer un tomb pel Port Olímpic i la Rambla. La Jenny se'n feia creus:

–Com podeu tenir aquest ambient, a aquestes hores? És que a Barcelona viviu al carrer?

Van arribar a casa que eren ben bé les tres de la matinada. La Jenny se'n va anar de cap al llit i va apagar el llum. Una estona després, quan la Mar sortia del lavabo, li va semblar sentir com la seva estrangera somicava. Sense encendre el llum, es va asseure als peus del llit de la Jenny.

–Plores?

Van estar xerrant a les fosques. La Jenny parlava de pressa, sense deixar de plorar. Per la seva banda, la Mar havia de fer grans esforços per no perdre el fil de la conversa, però malgrat que se li escapaven la meitat de les coses, li va semblar entendre-ho gairebé tot: la Jenny està tan enamorada d'en Xavi, que és capaç de fer qualsevol beneiteria per ell.

A comissaria, en Cesc ha passat la segona nit entre barrots. Dolgut dels cops i neguitós per l'abandó en què ha deixat la Mar i la Jenny, no ha descansat gens bé en tota la nit. Tampoc no hi han ajudat gens les incorporacions massives de nova clientela, procedent de les batudes que la policia ha fet a les discoteques del *bakalao.* Tots els detinguts anaven vestits amb texans de marca i estaven molt excitats. L'ambient, durant tota la nit i la matinada, als calabossos de comissaria no ha estat precisament el d'un balneari.

–Té una visita –el guàrdia l'adverteix de bon matí.

–Ah, sí? –en Cesc pregunta estranyat.

–Crec que és el seu advocat.

Ben custodiat, puja a la sala d'entrevistes.

–Sense peles no hi ha res a fer. La jutgessa és molt tossuda i et traslladarà a la Model.

–La Model? Per una trista baralla?

–Home. Ara que no em sent ningú –l'advocat se sincera–. Potser sí que en vau fer un gra massa. Vaig anar a veure el Centre del Pati Llimona i vaig poder confirmar que, efectivament, l'havíeu arrasat.

–Però què dius? Si jo només tenia feina a cordar-me els pantalons i parar els cops que em fotia aquell boig. Ah, i també havia de fer esforços a cercar les ulleres, però quan finalment les vaig trobar, el primer que vaig veure va ser un grapat de policies que encara repartien més llenya que el burro d'en Ricard. Tothom es creia amb dret a pegar-me, i ara, a més a més, aquesta sàvia setciències vol que pagui cinc quilos.

–No escarneixis la jutgessa, que això et pot costar un altre disgust.

–Però és que vull que entenguis que no tinc la culpa de res. En tot cas, només em puc considerar responsable d'haver caigut als paranys de la Dolors, en un racó d'un Centre municipal.

–Escolta, Cesc, si no tens els calés, val més que em diguis a quin banc els penses demanar, tret que no et vulguis passar una bona temporada a la garjola.

–Banc? Has dit banc? Més val que no preguntis a cap què en pensen, de mi.

La Mar i la Jenny acaben d'esmorzar i cadascuna es posa a endreçar la casa, després d'un petit acord. La Mar es tanca a trafegar per la cuina, mentre que la Jenny fa els llits i ordena l'habitació. En plena neteja, sona el telèfon.

–Digui? –és la Mar, evidentment, qui despenja.

–Mar? Sóc en Tom.

–Tom? Què tal?

–Jo, bé. Trucava per interessar-me per la Jenny. Va tot bé?

–Oh, sí. Perfecte.

–Puc parlar amb el teu pare?

–El meu pare? Hum...

–Que li passa alguna cosa?

–Oh, no. No, i ara. És que... ha hagut de sortir.

–Ah...

–Bé. És que aquest matí l'han reclamat per a una emergència de la feina i hi ha hagut d'anar un moment.

–Ah... Bé, doncs. Res, res... És que m'ha trucat la mare de la Jenny molt preocupada.

–Ah, sí?

–Sí. Diu que us telefona a totes hores i que no us troba mai, i que encara no ha aconseguit parlar amb el teu pare, i això la té força amoïnada. Tot plegat, res de l'altre món. És que no et pots ni imaginar com és aquesta dona, Mar. Tu no coneixes les angleses i t'asseguro que aquesta és d'un tarannà especialment obsessiu i maniàtic: que si els horaris, que si els costums, que si quina religió té el teu pare. Mira, Mar, això que no tinguis mare, l'ha deixat perplexa. No ho sé, la fa posar molt nerviosa. Però tu no t'hi amoïnis. La tornaré a trucar i la calmaré. Però sobretot recorda-li, al teu pare, que aniria molt bé si fos ell, directament, qui li digués alguna cosa. Au, Mar, no et destorbo més. Ah, i demà no t'oblidis que és dilluns. Us espero a totes dues a les vuit a l'Institut. Em passes la Jenny?

Els del *bakalao* tenen mala ressaca i, per això, el diumenge, els calabossos de la comissaria estan encara més moguts que la nit del dissabte. Els tres detinguts que comparteixen cel·la amb en Cesc, hi van sortint i entrant contínuament, en funció de les diligències de la jutgessa i de les visites d'advocats i famílies. Però les coses es compliquen, quan un d'ells, que s'està ajaçat a la llitera de dalt, inicia uns moviments estomacals que van precedits d'unes arcades amb un so tan cavernós, que fan emmudir tothom, fins que el concert acaba amb una abundosíssima vomitada, que cau en sortidor intermitent al damunt d'un dels companys de sota. Aquest fet, lamentable per ell mateix, és el detonant d'una agressivitat mal continguda per tres nois de casa bona, que acostumen a portar més diners a les butxaques que no pas idees al cap. En Cesc, escarmentat encara pels fets del Centre del Pati Llimona, en sentir bufetades, s'arrauleix al fons de la llitera per intentar quedar al marge d'una nova escena de violència.

Les restes orgàniques, ofensivament alcohòliques, espargides per terra, converteixen la baralla dels joves en un garbuix de cossos relliscosos, que es colpegen i rodolen entortolligats. Els crits fan que els guàrdies hi intervinguin ràpidament. Els vigilants, amb gest de fàstic, reparteixen llenya per separar els nois, però el que no poden evitar, de cap manera, és empastifar-se les porres, les armes i ells mateixos d'un líquid nauseabund. Un dels guàrdies, molt afectat per la fortor i la brutícia de la baralla, surt corrents cap al primer lavabo, amb tan mala fortuna que patina. L'home, un cop caigut a terra, profundament trastornat i marejat, no es pot contenir les arcades i, de genolls, agafat a un dels pals d'una llitera de la cel·la, arrenca un vòmit sòlid, d'esmorzar a mig pair. A partir de llavors, el fàstic s'estén per la baralla de presos i guàrdies.

En Cesc, que en el seu racó ha aconseguit quedar discretament al marge de la batussa, veient la porta oberta, fuig corrents de la cel·la per intentar evitar unes glopades, que ja li pugen a la gola, després de presenciar aquell espectacle. Però la fortuna no l'acompanya i, a la mateixa porta de la cel·la, és colpejat per un grup de guàrdies de reforç, que arriben a corre-cuita amb la intenció d'acabar amb el motí i socórrer els seus companys.

–Aquí n'hi ha un que s'escapa! –se sent cridar a un dels

del reforç–. Puaf! Aquest tipus no hi ha per on agafar-lo. Està llefiscós!

Trobar el Parc del Molinet no ha estat una empresa fàcil per a la Mar i la Jenny. Han tornat a agafar el metro i han baixat a l'estació de Santa Coloma, com ho van fer ahir. Però després, han hagut de fer una llarga excursió seguint el curs del riu Besòs. S'han perdut successivament pels barris de Can Mariner, Raval i Santa Rosa i, finalment, quan ja s'havien convençut que la missió era impossible, han vist un parc allunyat, en un turó replantat d'arbres escardalencs, que presideix un panorama de pisos, fàbriques, autopistes, magatzems i filats elèctrics. És la perifèria de la metròpoli.

A l'altra punta del parc, gairebé tocant al riu, veuen un antic magatzem remodelat, amb una gran plaça que, aprofitant el desnivell del terreny, ocupa el sostre de l'edificació. Allà s'albira una congregació de gent: és el Centre de Creació Artística del Molinet i el seu concert de rock local. Les noies s'hi atansen corrents pels caminets i les escales que les han de dur a la seva destinació: el concert.

El parc llueix matolls de farigola i arbusts de ginesta, que, ara aquí ara allà, apunten tímids brots que els coloren de pinzelladetes grogues. En la seva carrera, la Mar i la Jenny veuen una pancarta que anuncia: «El rock a Santa Coloma. Segona trobada de grups locals». El públic és jove, fresc i rialler, i es troba majoritàriament assegut a les amples escales, que fan de graderia, per damunt de la part inferior de la plaça, que fa d'escenari. Totes dues s'asseuen en un racó de l'extrem més alt, per prendre's un respir, després de la correguda, i observar el panorama. Mentrestant, a la plaça, una munió de músics i tècnics preparen una propera actuació. Pels altaveus sonen notes aïllades procedents de guitarres i redoblaments de platerets. Tot plegat té, realment, ambient de concert. El Centre de Creació Artística, des del soterrani de la plaça, nodreix els músics de tota mena de cables i suport tècnic.

–Amics! –un noi molt prim amb cueta i botes extraordinàriament punxegudes, pren el micro–. Amb vosaltres: Sangoneres! Expressament arribats del Singuerlín.

La xiulada és increïble. La música encara més. La Mar, força estranyada per aquell ambient, comença a neguitejar-se per haver dut la seva estrangera a un lloc de gent estranya, a un extrem de la ciutat. Però Sangoneres no perden el temps i arrenquen molt fort, posant a prova la duresa dels *baffles* i els timpans dels assistents. La majoria del públic coreja:

–Eh! Eh! Eh!

Altres prefereixen un retir místic, cremant herbes al palmell de les mans i enrotllant-les en papers de fumar.

–**Vols que marxem?** –la Mar, un pèl espantada, pregunta a la Jenny.

–**Què dius? Si això és fantàstic.**

La Jenny, amb els cabells deixats anar i una samarreta negra de la Mar, ha perdut força la imatge de nena de camp. Tot i que les seves faccions són inequívocament angleses.

–**T'agrada?** –la Mar es refereix a la música i, per la cara que fa, és evident que a ella, no.

–**Fantàstic** –respon la Jenny–. **Malgrat que aquest grup toca *grunge* i això ja està una mica passat de moda. Nirvana, per a mi, es va acabar amb la mort d'en Kurt Cobain. Voler mantenir el *grunge* després d'allò, no em sembla bé.**

–**I què t'agrada a tu?** –li pregunta la Mar, al·lucinada per l'experiència *rockera* de l'amiga.

–**No ho sé, alguna cosa més *heavy*. Potser *trash* o *death*. I a tu?**

–**Uf!** –respon la Mar, una mica superada–. **Em quedo amb el *pop*.**

La foscor dc la nit va entrant a poc a poc, mentre els *baffles* van llançant un missatge musical que es va endurint, també de mica en mica. La Mar i la Jenny encara no s'han mogut del lloc on s'havien assegut al principi.

–**Què fem?** –li pregunta la Jenny que veu com el rellotge li va en contra.

–**No ho sé. Anem al bar i decidim allà.**

El bar consisteix en una barra col·locada al damunt de mitja dotzena de neveres en un extrem de la gran plaça, que fa com un balconet amb vistes al riu Besòs. La gent s'hi amuntega per aconseguir beguda i des d'allà, un grup força carregat de cervesa es dedica a llançar les llaunes buides contra el públic de l'escala. Això dóna peu que es generi un núvol de peces de metall, que es desplacen parabòlicament en totes les direccions. Finalment, qui més rep és el grup que està tocant. A ells, però, sembla que la cosa no els importi i responen amb onades de decibels metàl·lics que carreguen contra un públic cada cop més juganer.

La Mar i la Jenny, alienes a aquestes trifulgues, fan cua, pacientment, per comprar el val de la consumició. Davant seu hi ha un parell de nois amb caçadores de cuir, un pèl més grans que la colla de criatures que corren per allà. Com que la Jenny està enfavada amb la recerca de qualsevol noi morè i prim que s'assembli a en Xavi, la Mar, pensativa, escolta, sense voler-ho, la conversa dels companys de cua.

–Aquests de l'Ajuntament són l'hòstia. Com pretenen que organitzem concerts de rock a les sis de la tarda? A aquestes hores la gent està més per jugar que per la música –amb clara referència al guirigall de les llaunes.

–No sé que els ha agafat. Aquesta *neura* els deuria venir perquè l'any passat van enxampar aquells tipus venent pastilles de *speed.*

–Es van cagar, tu –diu el que sembla més gran–. Es van olorar que si aquestes trobades anaven bé, atrauríem a tots els del *bakalao.* I, apa! Ja tens concerts de rock diumenges a la tarda.

–Ens tracten igual que a les primeres comunions. Així no farem mai res.

Als nois els arriba el torn. Demanen un munt de vals de cervesa, i continuen xerrant indignats, camí de la barra. La Mar, un cop ja té els seus vals a la mà, diu a la Jenny:

–Aquests dos potser coneixen en Xavi. M'han semblat molt entesos.

La Jenny, esperançada, agafa la Mar del braç i l'arrossega fins on són els nois.

–Perdoneu –els diu la Mar–. ¿Vosaltres no deveu pas conèixer un noi que es diu Xavi?

–Xavi? –pregunta un d'ells pensatiu.

–Quina edat té? –s'interessa l'altre.

–Setze. És un xicot que toca molt bé la guitarra i també canta. És molt morè i prim.

–Espera't –diu un d'ells–. Potser pregunteu per en Xavi Vives.

–Sí! –crida la Jenny en català.

–Aquest és un tipus esplèndid. És molt bo. Abans tocava amb Reviscolats, però jo crec que se'n va anar de Santa Coloma fa uns mesos. Ara que hi penso, des de la festa de Cap d'Any que no l'he tornat a veure.

–I no en saps res?

Els nois s'encongeixen d'espatlles. La Jenny demana una traducció urgent a la Mar, cosa que les obliga a fer un apart. Mentrestant, els xicots continuen xerrant de les seves coses.

–Escolteu. Una pregunta i no us molestarem més. On podríem trobar Reviscolats?

–Uf! Jo diria que es devien desfer després de la marxa d'en Xavi. D'ells tampoc no n'hem sabut res més.

–Bé, doncs. De totes maneres, gràcies.

Totes dues es giren desolades. Però la Jenny, de cop i volta, canvia l'expressió. La cara se li il·lumina:

–Xavi! –crida histèrica–. **Mar! He vist en Xavi! Allà a baix. Ha entrat al Centre!**

–N'estàs segura que era ell?

–Completament...

La Mar no té temps de sentir ni el final de la paraula, ja que la Jenny ha arrencat a córrer com un coet i, com qui no ho vol, travessa la plaça-escenari, on és a punt d'ensopegar un parell de vegades amb els cables del terra, fet que aixeca els ais del públic. Finalment, després de baixar literalment volant les escales, entra, gairebé a rodolons, a l'interior del Centre, on es troba amb un munt d'aparells electrònics i de gent enfeinada, que l'escridassa. Ella, però, no té cap dubte del seu objectiu: en Xavi.

–Xavi!

Ell es gira i es troba amb la Jenny penjada al coll.

–Ep! Jenny. Què hi fas aquí? –li diu ell en català.

–Xavi! T'estimo.

En aquell precís moment arriba la Mar, que ha seguit la Jenny, tot i que agafant uns camins menys compromesos. Però llavors, per l'altra banda de la sala, del lavabo de dones, apareix una noia molt guapa, amb posat altiu. Porta uns pantalons curtíssims i un escot generós. És la cantant d'un dels grups, que la Mar i la Jenny havien vist abans.

–Xavi! –li crida–. Au, marxem.

En Xavi es desempallega com pot de la Jenny.

–He de marxar, Jenny. Ho sento.

–Però...

La Jenny ha de contemplar, impotent, com en Xavi se li'n va amb una noia, que té el cos de dona, i que l'estreny fort, agafant-lo per la cintura. La Mar arreplega les restes del naufragi en què s'ha convertit la Jenny, i totes dues, també agafades, s'acosten al primer carrer asfaltat que troben, on criden un taxi.

–No ploris, Jenny. En Xavi no se't mereix. És un fatxenda... Ja veuràs com a l'Institut tenim nois que li passen la mà per la cara, a aquest carallot.

La Mar se sent amb l'obligació d'injectar moral a la Jenny, que s'ha adonat, de cop i volta, que ha invertit un any de la vida en somnis que no tenien cap base, cap realitat, per la qual cosa, malgrat les paraules de consol de la seva amfitriona, la Jenny està començant a endinsar-se en un pou.

–«**Només era el record d'una nit d'estiu** –el cap de la Jenny funciona tan de pressa com les paraules de la Mar–, **en un garatge de Bournemouth. Quin valor podia tenir aquell record per a en Xavi? Uau! Com l'estimo! Ara més que mai. M'és igual... Que vagi amb totes les cantants que vulgui. Ja ho pot fer. L'esperaré. Sempre l'esperaré. Ell sap on visc, i ara, a més a més, sap que he vingut d'Anglaterra només per ell».**

Malgrat que el cap de la Jenny està enfeinat a muntar totes les defenses que se li acudeixen, d'un racó del cervell apareix una idea, que la deixa clavada al seient del taxi:

–**«No el veuré mai més. Ah! No ho podré suportar.»**

En Cesc arriba a casa que són ben bé les onze de la nit del diumenge, i se'n va directament a l'habitació de la Mar. Les noies dormen.

–«Tot sembla tranquil i en ordre.»

Agafa el telèfon i truca a en Ferran, l'advocat.

–Cesc! On ets? –li pregunta l'advocat sorprès.

–A casa.

–A casa teva? Però com pot ser? Si sóc el teu advocat i se suposa que em pagues per defensar els teus interessos. Com pots ser a casa sense saber-ho jo?

–Mira noi, s'ha presentat a comissaria l'advocat de la Dolors, i ha plantat els cinc quilos al damunt de la taula de la jutgessa.

–Hòstia! Ara sí que veig que aquesta dona està perduda per tu.

En Cesc, un cop satisfet d'haver sorprès l'advocat, penja. Se'n va a la banyera, posa el tap, engega l'aixeta i hi deixa anar mig pot d'unes sals aromàtiques. Es desvesteix d'una roba que duia posada des del divendres i que té impregnada de suor, sang i vòmits, com a resum d'un cap de setmana força original. Sona el telèfon i agafa el portàtil.

–Cesc!

–Dolors!

Despullat com va, s'introdueix a la banyera, telèfon en mà.

–Amor meu, com estàs?

–Uf! Fins fa un minut era la imatge d'un moc estomacat. Ara, en canvi, des que m'he introduït a la banyera, em sento retornar al món dels humans. Però, Dolors, com t'ho has fet per pagar la fiança?

–Va! No té cap importància. Saps que a la meva família, els diners no han estat mai cap problema...

–Ja. Però d'això n'hem de parlar. No puc consentir que...

–Ui, ui, ui... Et noto molt orgullós. Si vols vinc i parlem d'això, o del que tu vulguis –la Dolors ha fet una veu sensual.

–No! Ni parlar-ne. No vull ni pensar en la possibilitat que el teu marit et segueixi. Aquest home és un psicòpata sanguinari.

–Per ell no t'amoïnis. Després del numeret de divendres l'he deixat. Era el motiu que necessitava per no veure'l mai més. Ara, de moment, m'estic en un apartament que els pares tenen a Vilassar. Per què no véns i te l'ensenyo?

En Cesc es pot escapolir, no sense dificultats, de totes les insinuacions d'ella per veure's immediatament. Un cop ha penjat, fa una capbussada.

–Buf! Això és vida.

Les baralles i el calabós queden lluny. Es relaxa tant, que es mig adorm a la banyera, fins que el telèfon torna a sonar.

–Mr. Badia? Per fi –és la mare de la Jenny, Margaret Stone–. **No sap les ganes que tenia de parlar amb vostè. Em sap greu, el dec haver despertat, però és que no podia viure sense fer-li algunes preguntes.**

–Oh, no s'amoïni, Mrs. Stone. M'ha agafat en un moment que casualment no dormia. De fet no tenia son.

En Cesc surt de la banyera, amb els dits ben arrugats.

–Com està la Jenny? Ens enyora molt? Pobreta meva. Deu plorar tot el dia. Ai, Mr. Badia! No sap com sento la mort de la seva senyora. Pobreta.

–Oh, no es preocupi, Mrs. Stone. La meva senyora va morir ja fa tres anys.

–Ah, bé. Però li volia dir que ho sento molt. I expliqui'm, expliqui'm, Mr. Badia. Què fa la meva nena? Plora molt? És que és tan de casa, ella. Cregui'm, és tan bona nena... És d'aquelles que no sortirien mai. Fins i tot els diumenges li hem d'insistir perquè vingui amb nosaltres a l'ofici religiós, amb l'ambient tan bonic que hi ha allà... Ai, Mr. Badia. No sap que contenta estic de parlar amb vostè i saber que la meva nena està tan bé. Una mica enyorada, segurament, oi, Mr. Badia?

El que la mare de la Jenny no sap, és que la seva nena

està al llit plorant, però no d'enyorament, sinó de gelosia. En Cesc deixa el telèfon al damunt de la pica del lavabo, mentre, amb la tovallola enrotllada a la cintura, es va afaitant. Però ignorant la manca de delicadesa de l'interlocutor barceloní, l'aparell no para de reproduir una veu aguda que parla un anglès embarbussat.

Sis

Dilluns, en Tom organitza a l'Institut una benvinguda al grup d'anglesos. Els representants dels visitants i dels locals expliquen als altres coses de tipus general, com ara: les característiques de les respectives escoles, els horaris, les normes, l'organització del curs. Un cop superada una certa fredor inicial, la cosa s'engresca i acaba havent-hi un clima de bromes i rialles. Una mica més tard, cap a mig matí, tots plegats es desplacen a peu a la seu de les oficines municipals del districte, on hi ha una rebuda institucional, en la qual un regidor s'encarrega de comentar, a propis i forans, el funcionament polític i administratiu de la ciutat.

Mentre dura la visita del grup a les dependències de l'Ajuntament, la Jenny, al·legant patir una forta migranya, aconsegueix permís per quedar-se a l'aula. El mateix Tom, de pròpia iniciativa, demana a la Mar que es quedi a fer-li companyia.

–Et sap greu si llegeixo? És que tinc molta feina.

La Mar, coneixedora de l'origen dels mals de cap de l'amiga, creu que és millor deixar-la amb les seves cabòries. La Jenny, per la seva banda, prefereix la visió d'un cel, molt més blau que el del seu poble, amenitzat amb uns núvols molt blancs, que tenen força pressa.

A la tarda, el grup dels anglesos té una llarga sessió amb en Tom, mentre els de casa continuen el programa habitual de classes. A la sortida, al pati, es fa l'aparellament dels amfitrions amb els respectius invitats.

–Que heu vist la Jenny? –la Mar va preguntant als anglesos, després d'haver-la buscat infructuosament.

En Tom ha acabat la reunió amb els estudiants anglesos cap a tres quarts de cinc, un quart d'hora abans del previst. Les noies i els nois estrangers, encara força desorientats, en un Centre tan diferent a la seva escola, han anat fent rotllanes, tot esperant que els alumnes de l'Institut pleguessin. Mentre dura aquest temps mort, la Jenny s'ha fet fonedissa per la zona dels serveis. No té ganes de parlar amb ningú.

–**«Potser que surti»** –pensa després d'una llarga estona tancada en un lavabo.

Camí del racó del pati on hi ha els seus companys fent-la petar, una veu coneguda la sorprèn:

–Jenny!

Qui li parla és amagat darrere d'una columna.

–Xavi!

En Xavi pren la Jenny de la mà i se l'enduu. Travessen el pati corrents i, fins que no són al carrer, no s'aturen.

–Oh! Xavi...

Tots dos esbufeguen ocults entre dues furgonetes aparcades. La Jenny envolta el coll d'en Xavi amb els braços. Es besen.

–Vols venir amb mi? –li pregunta ell.

–És per això que he viatjat des d'Anglaterra. Oh! Xavi...

La Jenny, plorant d'emoció, s'abraça fort a ell, com si necessités tocar-lo per estar ben segura que en Xavi és allà, amb ella. Agafats de la mà, se'n van cap al metro. Línia groga. La Jenny no pregunta res. Tampoc no ho fa quan en Xavi salta la tanca per no pagar. Ella es limita a fer el mateix. Durant tot el trajecte van molt agafats; les paraules, però, continuen ocultes. La Jenny s'entreté, tot acariciant els cabells d'en Xavi, que li han crescut, des de l'estiu passat, fins a tocar gairebé les espatlles. Es treu una goma de la butxaca i li recull la mitja cabellera, dolçament, per fer-li una cua. Un cop finalitzada l'operació, la Jenny li acosta els llavis a l'orella:

–Sóc molt feliç al teu costat.

Baixen a l'estació de la Verneda. Caminen per carrers amples, buits de gent, però farcits de camions i magatzems, seguint la riba dreta del riu Besòs. El panorama que els envolta no és precisament cap de les rutes turístiques de la ciutat. A la Jenny tant li fa, ella té en Xavi. Arriben a la passarel·la del Molinet. S'apropen a la barana del riu. En Xavi mostra a la Jenny una corda que penja d'un fanal.

–**Baixem?** –proposa ell.

Es deixen anar per la corda, gràcies a la qual poden accedir a la part més baixa del llit del riu i, de cop i volta, l'entorn canvia radicalment. Al seu voltant apareixen herbes altes; el terra acull un munt de deixalles variades, ara aquí ara allà; l'aigua fa olor de lleixiu i té un color marró com la xocolata. Però malgrat la degradació industrial evident del lloc, la sensació que experimenta la parella, no es podria qualificar de desagradable: la ciutat atrafegada, a banda i banda del riu, queda lluny, i el soroll urbà, de sobte, ressona com molt remot. Tots dos experimenten una solitud estranya. El mateix risc de l'acció prohibida els augmenta el plaer de la retrobada.

–**Com has sabut quin era el meu institut?** –li pregunta ella, més asserenada, tot pujant dalt d'un bidó.

–**He trucat a la teva mare i li he preguntat a quin institut anaves aquests dies a Barcelona.**

–**Ha! Ha! Ets ben boig.**

La Jenny, rient, es llança des del bidó als braços d'en Xavi.

–**I quina excusa li has donat per justificar una trucada tan estranya?**

–**Ben senzill. Li he dit que era de la sucursal de l'agència de viatges d'aquí, de Barcelona. Li he explicat que t'havies oblidat el passaport a l'avió i que necessitava localitzar-te per fer-te'l arribar.**

–**Ha! Ha!** –la Jenny es trenca de riure–. **Que bèstia que ets!**

–**I tu, com m'has localitzat?** –li pregunta ara ell.

–**Em vas deixar l'adreça, oi?**

–**És veritat, però allà ja no hi visc.**

–**La Mar, la meva amfitriona, em va suggerir que seria una bona idea seguir la pista dels *rockers* de Santa Coloma. I ja ho veus. No va fallar.**

Tot xerrant, van caminant riu amunt, mentre la tarda va caient mandrosament, romàntica.

–I la cantant? –li pregunta la Jenny.

–Ahir mateix vam plegar. No la suportava.

Arriben sota del flamant pont del Potosí que, com si es volgués adherir a la felicitat de la parella, de sobte engega la seva esplendorosa il·luminació. Tots dos es queden embadalits per l'espectacle. I allà, ben bé arran d'aigua, amb la llum fantasmagòrica que els retorna el pont, es tornen a besar.

–Jo l'he vist sortir amb un noi. La veritat és que m'he quedat molt parada. Fins i tot he dubtat que fos ella. Però sí, sí. Segur que era la Jenny. Anaven agafats de la mà i han sortit corrents cap al carrer.

Una de les companyes angleses de la Jenny ha estat qui ha respost la pregunta que la Mar havia estat llançant a tothom que se li posava al davant.

–N'estàs segura del que dius?

–Sí, sí. Completament.

–I com era el noi?

–No m'hi he fixat gaire, perquè tot ha passat molt de pressa i, a més, en aquell moment sortia molta gent que me'ls tapava. Però jo diria que era un noi morè, prim i amb els cabells força llargs.

–Oh, no!

La Mar se'n va volant a trobar en Tom, i li fa cinc cèntims dels motius reals del viatge de la Jenny i de la recerca que han fet totes dues durant el cap de setmana. El tutor es mostra consternat.

–El pitjor de tot és que si no pesquem aquesta noia, haurem d'avisar la mare –en Tom es posa la mà al front–. I dius que no saps on viu aquest tal Xavi?

–I ara! Penso que aquest detall no el deu saber ni ell mateix.

–A veure, pensem. No ens posem nerviosos. Dius que ahir vau anar a un concert a Santa Coloma... Tu m'hi sabries dur?

–On? Al lloc del concert? No n'estic segura, perquè ens vam perdre moltes vegades, però si tu em duus a Santa Coloma, crec que ho aniré recordant. Però escolta, Tom... I què hi vols anar a fer, allà?

–Doncs, no ho sé. Improvisarem. O és que tens alguna idea millor?

–Avisar la policia.

–Ja, ja. Evidentment. Però abans, potser hauríem de fer algunes indagacions. El més probable és que tot plegat s'acabi en un no res. Potser aquest noi només li ha volgut ensenyar la guitarra, a la Jenny, o el lloc on assaja el grup. Què sé jo!

En Tom té una Harley Davidson. La Mar, que ja ho sabia, s'emociona en pensar que anirà de paquet a la moto d'en Tom.

–Sort que sempre tinc un casc de recanvi.

–Per si has d'acompanyar una noia a casa –li diu la Mar, amb malícia.

Amb alguna dificultat d'escassa importància, arriben al Parc del Molinet. Aparquen a la mateixa placeta on ahir es va fer el concert, al terrat del Centre de Creació Artística. Baixen les escales de pressa.

–És obert –exclama la Mar.

Entren al Centre gairebé corrents, com si estiguessin convençuts de l'èxit de l'operació. Un cop dins, el primer que troben són una espècie d'oficines desertes. S'aturen i s'adonen que l'ala esquerra produeix una música durament metàl·lica i, com si l'audició de les notes electròniques fos un reclam, s'hi atansen. No els costa gens trobar la porta del local on s'origina el so. Es tracta d'un dels bucs, suposadament insonoritzats, per als assaigs dels grups musicals locals. Un paper, mal penjat i brut, anuncia: «Rot repulsiu. No molesteu. Estem assajant». Dubtosos, es miren i obren.

–Hòstia! –crida la Mar.

Un cop perduda la protecció de la porta, una castanya de decibels gairebé els despentina. El bateria del grup és l'únic que veu l'entrada dels visitants i, per això, pica fort el plateret més gros en senyal d'alerta. Els guitarristes s'adonen de l'avís i van desactivant els potents instruments. Tots es giren en direcció als intrusos, que aprofiten la pausa per afusellar els nois amb preguntes, sense cap resultat positiu.

En Tom i la Mar surten fora i s'asseuen a un dels bancs de la plaça, sota una de les joves i florides bellaombres recentment plantades, des d'on poden contemplar la panoràmica de la ciutat; la mateixa que la Mar i la Jenny havien admirat ahir mateix. En Tom es queda pensatiu, amb la vista perduda resseguint el llit del riu Besòs, que des d'allà dalt es contempla en una bona llargada, ben bé fins al pont del Potosí.

–Què farem ara, Tom? –li pregunta la Mar.

–Com pot ser tan ximpleta aquesta noia? –en Tom parla sense respondre la pregunta de l'alumna–. I dius que et va confessar que havia vingut a l'intercanvi amb l'única intenció de fugir amb aquest pillet de barriada?

–Bé, jo no he dit exactament això –puntualitza la Mar.

–Ja, ja. Perdona. És que estic nerviós. Mira, amb els anys que fa que m'hi dedico, mai no m'havia passat res de semblant.

–Ja sé que és culpa meva, per haver-la acompanyat en la recerca d'en Xavi. Però és que jo no em pensava que el que pretenia aquesta noia era fugir amb ell. Jo només la volia ajudar a trobar-lo.

–No et turmentis, Mar. Segur que només serà un petit ensurt, i que aquesta mateixa nit apareixerà. Anem a casa teva. Potser a hores d'ara ja hi deu ser.

Esperançats, s'adrecen a agafar la moto per anar al pis de la Mar, a la Vila Olímpica; i quan això ocorre, és just en aquell moment del capvespre en què la ciutat comença a encendre fanals d'avingudes i autopistes i, ara aquí ara allà, es van engegant fases de tires de llum. Des d'aquell turó, l'espectacle és força bonic. Tot d'una, quan ja arrenquen, toca el torn de l'encesa al pont del Potosí.

–És magnífic, aquest pont –en Tom crida a la Mar, tot girant-se perquè el pugui sentir.

En Xavi i la Jenny donen per acabada la llarga excursió pel llit d'un dels rius més contaminats del món, després d'haver fet un munt de transgressions. La pitjor de totes: la deserció, si és que es pot dir així, per part de la Jenny, de les normes rígides de l'intercanvi escolar. Ella, però, no té cap mala consciència. Educada en la més estricta tradició puritana d'una família anglesa conservadora de poble, a la xicota li han vingut, de sobte, les presses per saltar-se totes les prohibicions que li sigui possible. Per això, quan en Xavi li pregunta si vol tornar a casa de la Mar, o si pateix pel que pensarà el seu tutor, ella només respon:

–Vull anar amb tu a la fi del món.

Aquest Xavi, que es belluga meravellosament bé en un suburbi d'una ciutat aparentment despreocupada per les moralitats, és exactament el dels somnis de la Jenny. Per això, ella se sent immensament feliç, sense ni un mal remordiment pels mals de cap que la seva sobtada desaparició pugui ocasionar als seus amfitrions, tutors o família.

La parella travessa el riu Besòs per la passarel·la del Molinet.

–Tens gana? –li pregunta en Xavi.

–Oh, sí. Tinc un forat a l'estómac.

–Vine, que anirem al Bar Molina. És d'un bon amic.

El Bar Molina és un local fosc i atapeït d'homes grans, que intenten xerrar més alt del que ho fa un televisor que, penjat en una cantonada, emet veus i musiquetes que impregnen totes les converses.

–Ei, Xavi! Què fas per aquí? –crida un home grassonet i simpàtic des de darrere del taulell.

La Jenny desperta certa expectació entre una clientela poc feta a la visita de turistes. Després d'unes salutacions molt efusives entre en Xavi i els amos del bar, tots dos s'asseuen a la taula que hi ha, justament, sota del televisor. La Jenny se sent cohibida, en Xavi, en canvi, està eufòric.

–Què? T'agrada? –en Xavi es refereix al bar.

–Oh! Sí, sí –la Jenny només té ulls per a ell.

–Doncs, espera't, que ara vinc.

En Xavi encarrega un assortit del bo i millor del Bar

Molina: patates braves, xoriços, truita de patates i ceba, pernil.

–**Per beure?** –pregunta ell mateix a la Jenny.

–**Una Pepsi.**

–**Pepsi? Una cerveseta, dona.**

–**No, no, sisplau.**

–**Com vulguis.**

La Jenny tasta totes les tapes que li va posant al davant un cambrer grassonet, que sembla l'amo. L'home es vol mostrar esplèndid amb l'estrangera i, a més de servir els productes de la casa, arrodoneix el servei amb tota mena de bromes i picardies.

–No t'escarrassis, Pep, que no t'entén de res.

Ella, però, s'hi mostra agraïda amb grans rialles.

–**Tradueix-li, sisplau, que tot està molt bo** –la Jenny diu a en Xavi–. **Per cert, no sé si ho saps, però jo gairebé no duc diners a sobre.**

En Xavi s'acosta a l'orella de la Jenny:

–**Aquest em deu molts favors. Li he aconseguit concessions de bar en alguns concerts. No s'atrevirà a cobrar-me.**

En Tom i la Mar arriben al pis d'ella, on, evidentment, no hi ha ningú: ni la Jenny, ni en Cesc.

–Ep, Mar! Tens un missatge al contestador.

–Pitja el botó tu mateix –crida ella, tot tancant la porta del lavabo.

El missatge és del pare. De la Jenny, cap rastre.

–Qui era? –pregunta la Mar, quan torna.

–El teu pare. No sé què ha dit, que era a Vilassar, a resoldre un assumpte particular, i que segurament vindria tard.

–Ja. Aquest home és un cas perdut. No hi pots comptar mai per a res. Vols prendre alguna cosa, Tom? Tens set?

–No tens pas una cervesa?

–Oh, sí. És clar que sí.

Mentre la Mar és a la cuina, sona el telèfon.

–Agafa'l tu mateix, Tom, que l'aparell de la cuina no va gens bé.

El professor despenja:

–Sí?

–Mr. Badia?

–«Oh, no! La mare de la Jenny.»

En Tom, sorprès per una trucada tan inoportuna, es llança a xerrar. Els mateixos nervis li fan córrer la llengua a una velocitat increïble, i el fil telefònic transmet un festival de paraules que, en un anglès típicament gal·lès, s'apanyen per explicar moltes coses, com: l'organització magnífica de l'intercanvi, la jornada que els estudiants han viscut durant el dia, la visita a la seu municipal del districte, la gran recepció que els han fet les autoritats locals. La senyora Stone, embriagada de paraules, i amb escàs marge per a la reacció, es comença a neguitejar. Tot i que haver trobat un interlocutor que parla un anglès fluid, ha estat, en principi, un sedant per a ella.

–Però escolti, tot això que em diu em sembla molt bé, però no podria parlar amb la meva nena?

Aquesta pregunta ha mig desmuntat la tàctica abassegadora d'en Tom, i després d'alguns segons de desconcert, el professor improvisa una mentida.

–És que una amiga d'ella, la Lou, s'enyorava molt i ha hagut d'anar a consolar-la, però no crec que tardi gaire.

–Sola? Hi ha anat sola?

–Oh, no, no. Mrs. Stone...

–Doncs miri. Tot això no m'agrada gens. No sé què passa en aquesta casa, però mai no hi trobo ningú. Sap què li dic? M'agradaria parlar amb Mr. Badia i dir-li quatre coses.

–Oh, és clar... Mr. Badia... Doncs ara mateix, no hi és.

–No hi és?

–Miri, Mrs. Stone, Mr. Badia ha anat a acompanyar la Jenny a la casa on s'està la Lou.

Mrs. Stone, finalment, s'acomiada molt contrariada:

–Tan bon punt arribi la meva nena, digui-li sisplau que em truqui.

En Tom esbufega i fa un glop llarg, directament de l'ampolla de cervesa que la Mar li havia obert.

–Què fem, Tom? –li pregunta la Mar, molt amoïnada.

–Anem a la policia. Crec que no ens queda cap més remei.

En Xavi i la Jenny, agafats de la mà i sense gaire pressa, arriben al Centre del Molinet.

–Està tancat... –diu la Jenny.

–Ja, ja. El vigilant plega a les nou del vespre.

–I què farem?

En Xavi es furga la butxaca, es treu un joc de claus i obre la porta.

–Espera't, un segon. No et moguis, que vaig a desconnectar l'alarma.

Tanquen la porta, obren els llums i se'n van directament al buc número 4.

–Com t'ho has fet per tenir claus?

–El conserge em va demanar un dia que li tanqués jo mateix el Centre, perquè ell havia de plegar més d'hora: tenia entrades per anar al futbol. Jo hi vaig accedir, però com pots comprendre, no em vaig deixar perdre aquella ocasió per fer-me'n unes còpies.

Tanquen tots els llums del Centre, llevat dels del buc 4, on s'instal·len confortablement per terra, després d'haver-se improvisat uns coixins. En Xavi pren la guitarra i comença a rascar uns acords.

–Saps, Jenny? Anit, després d'engegar la Vanessa a dida, també em vaig tancar aquí i vaig compondre una cançó per a tu.

–Oh, Xavi... –a la Jenny se li entelen els ulls–. **Digue'm que no és un somni...**

–Sí, és clar que ho és. Tanca els ulls, amor meu –els acords van sonant, mentre en Xavi parla, jugant a confondre la realitat amb la ficció–. **Sí, sí. Es tracta d'un somni, amor meu, però tu no t'entristeixis. Tanca els ulls i viu-lo... Mira, m'has donat una idea. Ara ja sé quin títol posaré a la cançó.**

–Sí?

–No és un somni, oi?

–La veritat, és que ja no ho sé.

–Jo tampoc –en Xavi canvia el ritme de la guitarra–. **Però he pensat que: *No és un somni, oi?* és un títol molt bonic per a la cançó. De moment només he compost la música. M'agrada molt, saps? Espera't que te la toco.**

En Xavi va desgranant la cançó, que els seus dits arrenquen de les cordes. Sense lletra, només amb el suport eventual d'algun so gutural suau, directament del sentiment. Ella plora, en silenci, per no espatllar la màgia del moment. Quan la cançó acaba, es besen, assaborint la salabror de les llàgrimes.

–M'ajudes a compondre'n la lletra? –li proposa ell.

–De: *No és un somni, oi?*

–Saps? Serà la meva primera cançó en anglès.

Ell torna a rascar el ritme, que ja comença a ser familiar per a ella.

–Vermells són els teus cabells, verds els teus ulls –apunta ell.

–Però això no és un somni, no –segueix ella, afegint-se a una composició basada en la felicitat del retrobament.

Set

Com cada matí del món, a Vilassar de Mar, el sol s'aixeca cerimoniosament pel bell mig de la ratlla de l'horitzó. A l'apartament de la família de la Dolors, que ella ocupa provisionalment per fugir del marit, aquest fet, natural, coincideix amb el so esquifit del despertador del rellotge digital d'en Cesc.

–Uau! –mandreja ell, tot obrint el llum de la tauleta.

–On vas? –pregunta la Dolors–. Au, vinga. Atura aquest rellotge histèric.

En Cesc, obedient, pitja el botonet adequat, i el silenci retorna a l'habitació.

–Quina hora és?

–Dos quarts de vuit.

Encara girat cap a la tauleta de nit, en Cesc sent la tendresa d'un braç que, venint del darrere, li acarona els cabells del clatell.

–On has dit que volies anar a aquestes hores?

–Bé... –remuga ell girant-se cap a la Dolors–. És que avui és dimarts, el meu dia de gimnàstica.

Ella no respon. Es limita a estrènyer-se fort al seu vell-nou amant.

–Gimnàstica has dit?

Mentre a la costa passen aquests fets, a Barcelona, a la comissaria del carrer Nou de la Rambla, l'inspector Blai Botet, que acaba d'entrar de servei, es fa càrrec de la recerca de la Jenny.

–Aquest cas és per a tu, Blai. És una anglesa de setze anys, que va venir d'intercanvi divendres passat i que ahir va desaparèixer.

–Com per art d'encantament? –pregunta l'inspector, irònic.

–Hi ha indicis de segrestament –respon, amb posat seriós, un dels policies del torn de la nit.

L'inspector Botet és un home força jove, d'acadèmia. S'ha especialitzat en segrestaments i, per aquest motiu, ha estat cridat per investigar el cas de l'estranya desaparició de la Jenny Stone. L'inspector estudia ràpidament la denúncia que van posar en Tom i la Mar la nit anterior, i els fa trucar. Les entrevistes es fan amb el rigor que el cas mereix.

–I el teu pare és al marge de tot? –pregunta estranyat en Botet.

La Mar, a desgrat d'ella, ha de reconèixer que la localització del pare també és un gran interrogant. Un cop conegudes totes les dades que han facilitat en Tom i la Mar, l'inspector es tanca a la sala de reunions amb l'equip d'especialistes que acostuma a treballar amb ell.

–Senyors, ens trobem davant d'un cas de desaparició d'una menor estrangera, amb indicis seriosos de segrestament; però com que la família de la nena no sembla rica, potser hauríem de començar a pensar que darrere d'aquest Xavi hi pot haver una de les màfies especialitzades en tràfic de blanques.

Els col·laboradors, amb el seu posat seriós, semblen corroborar aquesta teoria.

–Penso que no hauríem de perdre més temps –en Botet, dret amb els punys sobre la taula, es mostra enèrgic–. El Centre de Creació Artística del Molinet és el nostre primer objectiu. Abans de mitja hora vull un cercle al voltant d'aquest maleït lloc. Au, tots en marxa.

–I què creus que hi trobarem allà? –pregunta en Toti, l'ajudant directe d'en Botet.

–Jo què sé, però és la pista més directa que ens ha facilitat l'amfitriona de l'anglesa. Ep! –en Botet assenyala amb el dit en Toti–. No vull que hi falti de res.

–D'acord, d'acord –l'ajudant s'aixeca ràpidament de la cadira–. Reuniré tots els cotxes patrulla que pugui.

–I els gossos especialistes! –ordena en Botet.

–Els gossos especialistes, també.

Al Centre de Creació Artística del Molinet hi ha un silenci alliè als plans de l'inspector Botet. La Jenny i en Xavi, en un racó del buc número 4, gaudeixen plenament de la tranquil·litat del lloc, mentre dormen abraçats al damunt d'uns coixins que han arreplegat del magatzem. La festa privada, anit, es va allargar entre interpretacions i composicions improvisades. Van riure i van cantar, tot barrejant paraules, idiomes i cançons i, finalment, els va anar arribant la son, entrelligats de braços i cames. La felicitat, intensa, esclatant, il·legal, els havia envaït.

–**Has sentit un soroll?** –la Jenny es desperta espantada.

–**Hum... Deixa'm dormir** –es queixa en Xavi, mentre s'estreny més a ella.

–**És a la porta. Xavi! L'estan obrint. Escolta...** –la Jenny para atenció–. **Se senten veus.**

–**No siguis pesada, que el conserge no ve fins a la tarda.**

En Tom i la Mar, en sortir de la comissaria, entren a esmorzar al primer bar que troben, on s'asseuen en una de les escasses taules buides.

–Què vols prendre? –en Tom demana a la Mar, tot prenent la iniciativa de cridar el cambrer.

–Un cacau i un croissant.

Encara mig ensonyats, esperen en silenci que els serveixin.

–Quina nit –es queixa la Mar.

–Ostres, sí! I el pitjor de tot és que aquest matí arriba Mrs. Stone.

La Mar només encerta a arrugar discretament el front, davant de la fatalitat i, immediatament després, s'obre entre tots dos un nou silenci.

–I l'haurem d'anar a buscar, és clar –pregunta ella.

–És clar.

–I l'hauré d'allotjar a casa, és clar.

–És clar –hi torna ell–. Saps què podríem fer per no capficar-nos-hi? Podríem aprofitar l'estoneta que ens queda fins a l'hora fatídica de l'arribada d'aquest monstre, per anar al Centre del Molinet.

–Una altra vegada? I què hi vols anar a fer, ara?

–No ho sé. Podríem anar a passejar, a veure què hi trobem.

Un cop han acabat d'esmorzar, a la Harley Davidson li costa menys que la tarda anterior trobar els complicats camins que porten al Centre del Molinet. Aparquen la moto a la mateixa plaça i, un cop baixen les escales que duen a la porta del Centre, es troben amb una patrulla policíaca que els barra el pas.

–Ho sento, no es pot accedir al Centre –els diu un dels agents.

–Què passa? –pregunta en Tom.

–No estic autoritzat a donar explicacions. La zona està acordonada. És un assumpte dels serveis especials.

–Ja –respon en Tom–. ¿Li faria res dir a l'inspector Botet que som en Tom i la Mar, i que ens agradaria passar?

El policia, estranyat per la pregunta tan directa del jove professor, es dirigeix al seu company, que és dins del cotxe, i li dóna indicacions perquè es posi en contacte amb l'inspector en cap de l'operació.

–Com ho has sabut que en Botet és darrere d'això? –pregunta la Mar.

–Intuïció masculina.

–Poden passar. L'inspector Botet és dins del Centre.

Arribats al lloc es troben amb un bullir de policies i de gossos ensumant-ho tot.

–Res de res –els diu en Botet en sortir del Centre–. Hem pentinat el parc, hem rastrejat el Centre i no hem trobat res. Tornem a comissaria a replantejar-nos l'estratègia.

–I el pis del carrer Ciutadella? –pregunta la Mar.

–Ja hi he enviat algú dels meus. Tot i que ens ha costat

molt aconseguir l'ordre judicial per entrar-hi, ja que el pis estava segellat. Però m'acaben de trucar i diuen que tampoc no hi han trobat rastres.

L'espectacular aparell policíac se'n va, i en Tom i la Mar es queden sols a la porta del Centre, amb l'única presència de la dona de fer feines.

–Li importa si fem una volta per dins? –li pregunta en Tom.

La dona fa un gest com volent dir que no ve d'un pam, que aquell Centre, aquest matí, sembla la Rambla.

–Mira què hi ha aquí –la Mar treu una cartera del darrere d'un equip de so–. És la cartera de la Jenny.

–N'estàs segura?

–Totalment.

En Tom observa la disposició dels coixins del buc on han trobat la cartera.

–Aquests han dormit aquí aquesta nit –afirma ell.

–I què creus que deuen haver fet després?

–No en tinc ni idea, Mar.

En Xavi i la Jenny, sorpresos per l'entrada intempestiva de la dona de fer feines, han hagut de fer una fugida un pèl precipitada. Però tot i les presses, han aconseguit moure's amb la prudència necessària per no ser vistos, ni despertar cap sospita. Un cop fora, han anat caminant en direcció a Sant Adrià, on han comprat un parell d'ensaïmades a una pastisseria. Tot passejant camí de la platja, han fet una aturada al Pryca per anar al lavabo.

La platja de Sant Adrià té un passeig marítim i un poliesportiu, nascuts de l'empenta renovadora dels Jocs Olímpics. Aquest nou pulmó d'esbarjo es troba, però, escanyat sota les xemeneies gegantines de la Fecsa, que presideixen amb orgull un territori industrial en hores baixes. A quarts de deu del matí d'un dimarts d'abril, la platja és un indret força solitari. La boira, que escup la marinada, acaba de donar a l'entorn un aspecte trist i decadent.

En Xavi i la Jenny, després de sortir del Pryca, travessen

la via del tren per un pas a nivell que es troba permanentment tancat.

–Anem a la platja? –pregunta en Xavi.

Baixen a la sorra i busquen recer entre les quatre barques que hi són atracades.

–Estàs tremolant, Jenny. Tens fred?

–Sí, però no t'amoïnis, que de seguida em passarà.

La Jenny s'estreny cap a ell, un cop ajaguts.

–T'enyores, oi?

Tots dos tenen la mirada fixa al cel, que no es mostra gens generós amb la parella, i només els retorna una panoràmica grisa. Les paraules d'en Xavi han obert un silenci tens. La Jenny comença a plorar, mentre que ell s'incorpora i es repenja al llom de la barca que tenen al costat.

–Ep! Jenny... No em fallaràs ara, oi?

Ella se'l mira. Les llàgrimes li brollen.

–Estic pensant que m'he portat molt malament amb la Mar. I també que la meva mare deu estar patint a hores d'ara. No ho sé. No sé què he de fer.

La Jenny es recolza al pit d'ell.

–Si et sembla bé, ara mateix t'acompanyo al pis de la Mar, Jenny. Però vull que sàpigues que jo també t'estimo, i que si tornes amb els teus, no et deixaran veure'm mai més.

El petó que segueix a aquestes paraules té un cert to dramàtic.

–Mira, Jenny –en Xavi li parla als ulls, convincent–. **Som a les portes de l'estiu. Aconseguirem feina de manera molt fàcil a un càmping o a un hotel, i viurem la nostra vida.**

–Però on?

–No ho sé, encara. Ara, de moment, ens amagarem uns dies. A la Costa Brava, o al Pirineu. Tinc força amistats en llocs turístics. Tu no t'amoïnis. Ja veuràs com al meu costat tot rutlla. A més a més, una noia que parli anglès és una peça molt buscada a la costa. Trobarem feina i viurem l'estiu més important de la nostra vida.

La Jenny para de plorar. Sembla com si les paraules d'en Xavi l'haguessin reviscolat.

–Perdona'm, Xavi. Hauries d'entendre que estic molt es-

pantada, però vull que sàpigues que he vingut per recuperar-te i que, ara que et tinc, no tornaré a casa, almenys de manera voluntària. No ho sé, Xavi, tot és molt estrany per a mi, però m'agrada aquest pla que m'has dit per a l'estiu. Ah! Jo també t'estimo.

Més asserenats, s'estiren a la sorra i s'arramben a la barca, que els cobreix de qualsevol indiscreció dels pocs vianants que es comencen a veure pel passeig. Mentrestant, un raig de sol tímid s'obre pas per una escletxa de la boira i en Xavi i la Jenny, amb els ulls tancats, poden sentir l'escalforeta que tot just comença un combat, encara desigual, contra el fred i la humitat que els havia impregnat la roba. Reconfortats, s'endormisquen amb el rerefons rítmic del trencar de les ones.

Al pis de la Mar es desferma una tempesta amb l'arribada de Margaret Stone.

–És que no es pot sortir d'Anglaterra... Pobra filla meva! Tan bona nena que és i deixen que la segresti el primer mafiós que passa per davant d'aquella maleïda escola.

En Tom i la Mar han deixat la moto, han agafat un taxi i l'han anat a buscar a l'aeroport. Mrs. Stone ha arribat enfurismada i disposada a donar una lliçó, a qui se li posés al davant, sobre com s'ha de trobar una filla en territori enemic. Durant el viatge en taxi no ha parat de fer preguntes. Volia conèixer tots els detalls de la desaparició de la seva Jenny. La Mar no s'ha atrevit, en cap moment, a explicar a aquella dona repel·lent els autèntics motius del viatge de la seva filla. Un cop arribats al pis de la Mar, Margaret Stone ha trobat, a cada racó, objectes i roba de la seva filla; però és al lavabo, amb el raspall de les dents de la Jenny a les mans, on li esclata una crisi nerviosa, amb crits i plors incontrolables. Enmig del desgavell histèric, a batzegades, i amb el risc seriós de rebre alguna plantofada, en Tom i la Mar l'aconsegueixen dur fins al llit de matrimoni, que és l'estança que és més a prop del lavabo.

–Vull la meva nena! Vull que me la tornin!

La crisi arriba al seu punt més àlgid quan Mrs. Stone respon convulsament a qualsevol intent d'en Tom de calmarla: la cara envermelleix de manera alarmant, les llàgrimes brollen de les parpelles embotides, la salivera es transforma en bromera, fruit d'uns sospirs profunds i cada cop més seguits. La Mar, espantada, s'amaga darrere del professor, però Mrs. Stone no té intencions de temperar-se i comença uns cops de cap violents contra el capçal del llit, mentre obre els ulls per mostrar que la mirada se n'ha anat, i només li ha quedat la conjuntiva blanca. En Tom, fastiguejat per la ineficàcia de les seves atencions, tanca el llum d'una revolada i pren la Mar de la mà en direcció cap al passadís. Un cop fora, tanca la porta de l'habitació.

–Però què fas? –li implora la Mar–. Aquesta dona es matarà!

Dintre continua el festival: plors, crits i cops; fins que esclata com un gran terrabastall.

–Ja s'ha matat –crida la Mar.

En Tom pren posició de guardià de la porta, tot barrant el pas a la noia.

–Només deu haver caigut del llit –afirma ell.

–Però es pot haver fet molt de mal.

Tots dos callen per sentir millor, amb les orelles enganxades a la porta, els esdeveniments que la dona anglesa està protagonitzant a l'habitació d'en Cesc, però tot el que els arriba és un gemec sostingut.

–Veus? Tot va millor –diu el professor per tranquil·litzar l'alumna–. Un amic meu, psiquiatre, em va explicar que, en aquests casos, el que s'ha de fer és deixar l'histèric sol. La nostra presència no feia més que empitjorar les coses. Au, anem a trucar al metge.

Quan la calma retorna, entren de puntetes a l'habitació. Recullen la mare de la Jenny de terra, la posen damunt del llit i la tapen amb una flassada. Ella no es desperta. Amb la situació controlada, en Tom i la Mar s'asseuen fora al balcó, a veure si arriba el metge.

–Em sembla que sento el telèfon –diu ell.

–Sí, sí. Ja l'agafo –és la Mar qui s'aixeca.

La trucada és ben curta i la noia torna joiosa al balcó.

–Els han trobat, Tom. Els han trobat!

–Ah, sí? On? –diu ell posant-se dret.

–A Sant Adrià. Es veu que els han arreplegat dormint en ple dia a la platja.

–Fantàstic! I qui ha trucat?

–Era en Toti, l'ajudant d'en Blai Botet.

–I què fem, ara? –pregunta ell.

–Jo hi aniria volant. En Toti m'ha dit que els tenen a la guàrdia urbana de Sant Adrià i que ells anaven cap allà. Crec que m'ha trucat del cotxe estant, perquè jo sentia la sirena mentre ell em parlava.

–Fem una cosa, Mar. Tu escrius una nota per si es desperta Mrs. Stone, mentre jo truco per anul·lar la visita del metge. Au, i marxem de pressa cap a Sant Adrià.

La moto d'en Tom no té sirena, però el seu roncar greu s'obre pas, majestuosament, entre els vehicles que circulen per la ronda del litoral en direcció cap al Besòs.

En Cesc i la Dolors han romancejat tot el matí pel llit de l'apartament de Vilassar. Ell ha trucat a la feina i ha donat l'avís que li suspenguessin tots els compromisos, gimnàstica inclosa.

–Tinc molta febre –s'ha justificat a la secretària–. Si milloro, ja et tornaré a trucar a la tarda.

Després d'esmorzar, en Cesc, que ja se sent animat i recuperat de les nafres del cap de setmana, invita la Dolors.

–Per què no véns a casa a dinar? Coneixeràs la Jenny, l'angleseta que hi tenim allotjada.

La Dolors accepta la invitació, i tots dos se'n van cap a Barcelona en el cotxe d'ell.

–Encara no m'havies ensenyat el teu nou piset –protesta ella, mentre ell pitja el botó de l'ascensor que els puja des de l'aparcament fins al replà del pis.

En Cesc, orgullós d'haver pres la decisió de canviar l'antic barri de Gràcia per la flamant Vila Olímpica, mostra a la Dolors, amb tot luxe de detalls, cadascun dels racons del pis amb les corresponents explicacions addicionals: els acabats, el cablejat de la televisió, la canalització de les deixalles, les vistes sobre el port. Ella es mostra perplexa.

–La veritat és que per a tu i la Mar, això és magnífic.

Entusiasmats i entendrits, es besen al mig del lavabo gran, en el qual, una estona abans, Margaret Stone ha tingut l'atac d'histèria.

–Em falta ensenyar-te la meva habitació –aconsegueix dir ell enmig de l'abraçada.

–Hum... L'habitació... –respon ella–. Hi deus tenir un llit, oi?

Entren a les fosques i es despullen, excitats: una peça de roba per aquí i l'altra per allà.

–T'imagines que ara vingués l'anglesa? –diu la Dolors rient.

–Calla! Calla! No cridis el mal temps.

Però el mal temps no l'han de cridar, ja que el tenen dins del llit.

–**Mr. Badia!** –crida la mare de la Jenny, incorporant-se de cop.

–Ah! –s'espanta la Dolors.

La mare de la Jenny obre el llum, i es troba davant seu la figura nua d'en Cesc, i l'ombra d'una dona que arreplega roba del terra, tot fugint cap al lavabo, pensant-se que una nena anglesa els ha arreplegat en fals.

–**Mr. Badia!** –crida Mrs. Stone a un Cesc desconcertat–. **Exigeixo una explicació detallada del segrestament de la meva filla.**

En Cesc, ajupit, pensa, mentre es dedica nerviosament a la recerca dels calçotets:

–«I a mi m'agradaria saber què cony fa aquesta dona al meu llit.»

Fora, al rebedor, se sent un cop de porta que la Dolors dóna en la fugida precipitada.

Vuit

–Documentació, sisplau.

Un guàrdia urbà de Sant Adrià ha reclamat la identificació a en Xavi i la Jenny. L'home s'ha estranyat de veure una parella tan jove, en horari escolar, dormint abraçats a la platja.

–Hum... –respon en Xavi sense obrir els ulls.

–He dit que m'agradaria veure la vostra documentació, sisplau –insisteix el guàrdia.

Tots dos se'l miren des de la profunditat de la inconsciència.

–«**On sóc?**» –pensa la Jenny.

El guàrdia comença a donar mostres d'impaciència. En Xavi, quan aconsegueix coordinar un parell de neurones, fa un bot amb intenció d'estirar la Jenny i fugir.

–On vas, noi? –el guàrdia l'agafa pel braç.

De mala gana, en Xavi es treu el carnet d'identitat.

–I tu? –es dirigeix a la Jenny.

–És que és estrangera. No l'entén.

–Doncs, digue-li tu, que pel que he vist, et deu entendre molt bé.

–**Voldràs fugir d'aquest gripau?** –en Xavi pregunta a la Jenny, tot emparant-se en la impunitat que li dóna parlar en un idioma estranger.

–**Sí** –respon ella, convençuda.

–**Doncs estigues atenta quan et faci l'ullet.**

–Ep! No xerreu tant –els interromp el policia–, que només vull veure el passaport de la noia.

–**Uau! He perdut la cartera!** –exclama la Jenny que ha endevinat, de fa estona, la reclamació del guàrdia.

–De debò? –pregunta en Xavi.

Ara és el guàrdia qui entén perfectament l'expressió de la Jenny. Sense més preguntes, pren el *walkie-talkie* i truca a la central, mentre manté, en tot moment, en Xavi agafat pel braç.

–Sóc l'Abel, sóc a la platja i tinc retinguts un noi de setze anys que es diu Xavi Vives, i una nena estrangera que no duu cap documentació. Per què no em feu una comprovació?

–D'acord –diu una veu que escup l'aparell, enmig d'un mar d'interferències–, però m'hauries de dir el nom i la nacionalitat de l'estrangera.

–Espera't.

En Xavi torna a fer d'intèrpret.

–Es diu Jenny Stone i és anglesa –transmet finalment el guàrdia per l'aparell.

–Et truquem de seguida.

El policia s'enfunda el *walkie-talkie* i els agafa tots dos pel braç.

–És millor que anem a un dels bancs del passeig.

–És que estem detinguts? –pregunta en Xavi–. Que està prohibit dormir a la platja?

–Mira, noi. Millor que no facis preguntes. Només són unes comprovacions. Si tot és correcte, podreu marxar com si res.

El policia els fa seure a un banc, mentre que ell es manté dret, tot esperant la resposta de la central. En Xavi es comença a mostrar nerviós. El guàrdia, però, els vigila molt de prop. La fugida es fa arriscada en aquestes condicions.

–Abel! –crida la veu des de les ones del transmissor–. Emmanilla'ls i espera't, que ja vénen un parell de cotxes patrulla cap aquí. Resulta que has fet diana. Hi ha mitja ciutat de Barcelona buscant-los.

–D'acord –diu ell abans d'aturar la transmissió–. Bé, Xavi, ho sento...

Les mans de l'agent s'afanyen a prendre les manilles, moment que en Xavi, a la desesperada, fa l'ullet a la Jenny, l'agafa de la mà i tots dos fan un bot, tot empentant el guàrdia, que va a parar a terra amb les manilles i el *walkie-talkie* llançats de qualsevol manera. Tots dos corren tant com poden. La joventut els va a favor. El guàrdia es redreça i els segueix, sense parar atenció a la caiguda del barret, ni a cap dels instruments que ha hagut d'abandonar.

–**On anem?** –crida la Jenny, gairebé sense alè.

El policia no els perd la pista. L'home no es dóna per vençut.

–**Jenny!** –crida de sobte en Xavi–. **Et queden forces?**

–**Sí** –esbufega ella.

–**Escolta'm bé** –li diu ell, sense deixar de córrer–. **Ens dividim, ara mateix, tu te'n vas cap a l'esquerra. Crec que ell et seguirà a tu. No t'espantis, corre tant com puguis, dóna la volta al recinte de la piscina. Jo t'esperaré aquí mateix amb una moto.**

–**Bé, d'acord!** –respon ella, mentre tots dos s'aturen panteixant–. **Ep! I si no em segueix a mi?**

El guàrdia s'estranya que les seves preses anhelades s'hagin aturat, a escassos metres davant d'ell.

–Ei! No us mogueu, o em veuré obligat a disparar –el policia crida, per tal d'intimidar-los.

En Xavi, pel seu cantó, pensa tan de pressa com pot:

–**Si veus que em segueix a mi, espera't aquí. Me l'enduré a fer una volta. Pel camí ja pensaré alguna cosa.**

Quan el guàrdia és gairebé a tocar-los, es divideixen sobtadament: la Jenny surt volant cap a l'esquerra i en Xavi cap a la dreta. L'home, sorprès per la ràpida acció, té uns segons de dubte; però, finalment, la intuïció d'en Xavi no falla: gira a l'esquerra, i se'n va a la recerca de la presa que ell creu més fàcil: la Jenny. Ella, per la seva banda, menys esverada que fa una estona, s'esforça a recordar els durs entrenaments d'atletisme de l'escola, i es concentra en la carrera. Deixa d'esbufegar histèricament, compassa la respiració a les gambades i adopta un ritme de fons, que aporta uns resultats excel·lents a la cursa. En canvi, el guàrdia Abel, rebentat, acaba vomitant en un fanal de la segona cantonada del recinte de la piscina, mentre que la Jenny ja aborda el darrer dels revolts que l'ha de dur al punt exacte on en Xavi s'havia separat d'ella a la recerca d'una moto. I ell és allà, no ha fallat. Al lloc convingut, amb la màquina promesa. La Jenny, en veure'l, obre un somriure de bat a bat i oblida tota la concentració que l'ha dut a guanyar la cursa.

–Xavi! –crida emocionada.

Ell, en sentir-la, arrenca a recollir-la per estalviar-li un tros de camí.

–Oh, Xavi! –l'ofec no li permet articular més paraules.

La Jenny puja a la moto i estreny molt fort l'esquena d'en Xavi. Vol notar-lo per recuperar la seguretat perduda. Ell fa una forta accelerada a una màquina més aviat escarransida, que té un roncar escardalenc i molest.

–Oh, Xavi... –va repetint, ara en veu més baixa–. **D'on has tret la moto?**

–A la porta del poliesportiu Marina-Besòs sempre n'hi ha moltes d'aparcades.

–És robada?

Ell riu. A ella se li encongeix el cor. Les transgressions comencen a ser cada cop més gruixudes.

–Que s'han escapat? –crida en Blai per la ràdio del cotxe–. Què collons vol dir això?

Amb la sirena posada, en Blai i en Toti arriben al passeig marítim de Sant Adrià, on els esperen un parell de cotxes de la guàrdia urbana. L'Abel, en vies de recuperació, és dins un d'ells. L'inspector, malhumorat, els escridassa a tots.

–Mira, Toti –agafa el seu ajudant pel braç, donant l'esquena a tots els efectius de la policia local–. Vull un dispositiu complet, d'acord? Una cosa professional. Em feu una batuda per tots aquests barris del costat, mireu bé totes aquestes fàbriques abandonades que hi ha pel cantó de la Cross. Segur que hi han buscat refugi. Vull un helicòpter patrullant i fent suport des de dalt. Ah! Em busqueu fotos de tots dos i les envieu a la televisió i a la premsa. També vull que intervinguis el telèfon de la casa de l'amfitriona, Mar, oi, es diu? I el del tutor també.

–D'acord.

En Toti, llibreta en mà, no es perd cap detall de l'allau d'ordres de l'inspector.

En Xavi i la Jenny, a cavall d'una màquina extraordinàriament atrotinada, han fugit de la zona del passeig marítim de Sant Adrià. Han travessat les vies del tren pel pont de la Cross, on s'han aturat un moment.

–On anem, Xavi?

Ell ha contemplat la zona industrial pensatiu, mentre que lluny se sentia un festival de sirenes, que anava pujant en intensitat.

–No ho sé. Estic dubtós. Si continuem en moto ens enxamparan de seguida. Cridem molt l'atenció, sense casc i amb una moto robada. Qualsevol municipal ens aturarà. Ep! Tinc una idea.

En Xavi arrenca novament, tot allunyant-se d'un pont, que ben aviat ha de ser transitat pels cotxes patrulla que s'estan acostant perillosament.

–Anirem per aquests carrerons de les fàbriques fins a Sant Josep –en Xavi ha hagut de cridar fort per superar el repic del motoret.

–Sant Josep?

–És un centre esportiu. Allà abandonarem aquesta tartana i agafarem l'autobús. Passarem més desapercebuts.

–I on anirem després?

–A Sant Jeroni.

–Sant què?

–Sant Jeroni de la Murtra. És un monestir.

–Ens refugiarem en un monestir?

–Sí. És el que feien a l'edat mitjana quan es volien amagar de la justícia, oi?

–Que romàntic! –la Jenny li fa un petó a l'orella.

L'autobús va força ple. Baixen a la parada de la zona comercial de Montigalà, envoltats d'una riuada de gent que fa el mateix, per anar a carregar cabassos i carrets.

–Tinc gana –diu la Jenny.

–Vols una hamburguesa?

–Oh, sí. Xavi. Després de tu és el que més desitjo.

Enmig de la vorera, un cop la gentada de l'autobús ja ha fet cap al palau del consum, una parella, jove, molt jove, es besa descaradament a ple sol, sense intencions aparents de desenganxar-se en els propers minuts.

En Tom i la Mar s'han trobat amb la desagradable sorpresa que la informació d'en Toti sobre la captura de la Jenny i en Xavi, tot i que certa per uns minuts, havia estat precipitada, i finalment falsa. Decebuts, surten de l'Ajuntament de Sant Adrià, on han estat informats de tots els detalls de la frustrada operació.

–Tinc gana –diu la Mar.

–Doncs et convido a dinar –respon en Tom.

Mengen en silenci, amoïnats, en un dels restaurants de la mateixa plaça de la Vila de Sant Adrià.

–Què farem, ara? –pregunta la Mar.

–Doncs, no ho sé, noia. Aquest Xavi sembla que és un tipus molt espavilat i, a més a més, juga en terreny propi.

–Sí, però nosaltres hem de pensar encara més que ell –continua la Mar–. Segur que té amics o família, als quals haurà de demanar ajuda. Saps què podem fer? Anem al carrer Ciutadella, aquella veïna ens ajudarà.

En Xavi i la Jenny arrepleguen la safata amb les hamburgueses i uns gots enormes, carregats de coca-cola i glaçons de gel, i s'asseuen en una de les taules més arraconades que troben.

–Mengem de pressa que això està carregat de *polis* –diu ell.

–I on és el nostre monestir? –pregunta la Jenny encuriosida.

–T'agrada caminar?

–Pse... Mentre no em facis córrer davant d'un policia cridaner.

–Ha! Ha!

Tots dos riuen a gust. La Jenny, fins i tot plora, a causa d'un accés de tos que l'ha sorprès amb la boca plena. Quan es temperen, en Xavi li explica el pla.

–Sortirem caminant des d'aquí, travessarem l'autopista per sota, a l'indret del magatzem de la Damm; llavors, ja en ple camp, tirarem amunt per una casa en ruïnes, que en diuen Ca l'Alemany, i pujarem per un caminet fins al monestir de Sant Jeroni.

–Però el monestir és a la muntanya? –es sorprèn la noia després d'un dia tan industrial.

–Diríem que sí.

–I com hi entrarem? Tu diràs: Hola sóc en Xavi i em vull fer monjo de clausura, amb la condició que em deixeu viure amb la Jenny.

La conversa s'allarga més enllà dels entrepans, planejant com hauran de dur la vida com a monjo i monja, i com es passaran les consignes per muntar les irrenunciables trobades nocturnes. Finalment, en Xavi confessa el motiu pel qual ha escollit un lloc tan suggeridor com a refugi:

–El meu padrí, que m'estima molt, és el masover del monestir. Ell ens ajudarà.

A primera hora de la tarda, en Tom i la Mar arriben al carrer Ciutadella 35 de Santa Coloma, a cavall de la portentosa moto d'en Tom.

–És aquí –li diu ella.

Pugen i piquen a l'entresol segona A.

–Ja, va. Ja, va –se sent la veu de la senyora Carme, l'exveïna d'en Xavi, a l'altre cantó.

La dona reconeix de seguida la Mar.

–És que a mi les cares em queden molt –es justifica.

–Podem passar? –li pregunta la Mar–, és que voldríem parlar una mica d'en Xavi.

–I tant! Endavant. No sé què deu haver fet aquest ximplet, que ahir els policies van muntar un bon numeret i, a més a més, van estar preguntant a tots els veïns de l'escala. Però jo no els vaig voler dir res.

–Que en sap alguna cosa, d'ell? –pregunta la Mar esperançada.

–No, i ara. Però si n'hagués sabut alguna cosa, tampoc no els l'hagués dit. Els haguéssiu vist. Eren uns malcarats. Però... passeu, passeu i xerrem dins.

En el moblet del rebedor, la senyora Carme encara guarda la pila de correspondència per a la mare d'en Xavi. No se sap mai, pensa ella. Travessen un passadís fosc i llarg, decorat amb llums barrocs, que no encén, i papers pintats foscos. Tot passant, tanca una de les portes.

–És que el meu marit està fent la migdiada. Li va molt bé. Si no la fa, es passa la tarda malhumorat.

Arribats a un menjador molt petit, s'asseuen a taula. Ara sí que la senyora Carme obre llums.

–Volen un cafè?

–No, no gràcies. Ja n'hem pres.

–El senyor també és anglès? –pregunta, per l'aspecte i el silenci d'en Tom.

–Oh, no. Sóc gal·lès, però no s'amoïni, que parlo català.

–Quina sort, perquè l'altre dia em va saber molt de greu, que aquella nena anglesa no m'entengués de res.

La Mar explica a la senyora Carme la fugida d'en Xavi i la Jenny.

–Aquest Xavi! Mare de Déu, i tot per unes faldilles. Us puc jurar que no sé res d'ell –insisteix la dona–. Però ja us he dit abans que mai no facilitaré cap pista a la policia. Mireu, aquesta mena de nois, si van a la presó, encara que sigui per una rucada, s'espatllen, i quan surten ja no valen per res. N'he vist molts d'aquests casos.

La Mar la convenç que precisament ells volen trobar-los abans que no ho faci la policia, per tornar la Jenny a la família, i salvar en Xavi d'en Blai i dels seus mètodes policíacs.

–Si és així, em direu en què us puc ser útil. Però sisplau, eviteu que en Xavi vagi a la presó, que és massa bon nen.

Ara és en Tom qui explica a la senyora Carme que necessiten que els doni una relació de tots els amics i familiars, que ella creu que estarien disposats a ajudar en Xavi en les circumstàncies actuals.

–Uf! –fa ella–. En Xavi en té tants, d'amics.

Surten de la casa de la senyora Carme cap a mitja tarda, després d'haver rebutjat diversos oferiments com: cafè, pa de pessic marca de la casa o una copeta de licor carmelità, que li havien dut del poble.

–Crec que de la llista –diu en Tom ja assegut a la moto–, ens hauríem de quedar amb els dos més amics del grup de rock, aquest avi que viu al barri de les Oliveres, amb qui diu que hi tenia força relació –en Tom es queda pensatiu mirant el bloc de notes–. Potser també hauríem de tenir en compte aquest padrí, que fa de masover a un monestir dels afores.

–A mi em sembla –diu la Mar–, que hauríem de començar per investigar els amics, i potser també per aquest avi, que tots plegats són per aquí a Santa Coloma; i deixaria això del monestir per al final, si ens queda temps.

–I jo exigeixo saber qui és vostè!

En Cesc, amb els calçotets ja posats, es creu investit de l'autoritat necessària per demanar explicacions a una dona repel·lent, que parla un anglès incomprensible i que és ajaguda al seu llit. Passades les confusions inicials, en Cesc s'acaba assabentant per boca de la intrusa, mentre ell es va vestint i ella arreglant, que la dona en qüestió és la mare de la Jenny, i que la nena, que ell tenia en custòdia, havia desaparegut.

–Caram! Doncs potser que anem a comissaria –diu ell trasbalsat.

–Això és el que estic esperant que algú faci des que he arribat.

El viatge en cotxe és un martiri per a en Cesc. Margaret Stone no calla. Les seves preguntes incisives sobre la conducta de la Jenny des que va arribar, són també un gran interrogant per al suposat amfitrió, que no ha vist la filla de Mrs. Stone precisament des de divendres. Ell es concentra en la conducció i fa veure que no comprèn gaire bé les preguntes.

–És que tinc l'anglès una mica rovellat –es justifica.

A la comissaria del carrer Nou de la Rambla, en Cesc té una pèssima sensació, i és que els fets del cap de setmana són encara molt recents en la memòria. Fins i tot un glop de fàstic li puja a la gola. Els fan esperar, però al cap d'una estona, tenen l'ocasió de conèixer l'inspector Blai Botet, que acaba d'arribar de l'acció frustrada de la platja de Sant Adrià. Mrs. Stone troba per fi un interlocutor professional, a qui pot abocar les seves exigències, amb la lamentable limitació que implica el fet que l'inspector no entén l'anglès. En Cesc, però, s'ofereix a fer d'intèrpret.

–Senyora, vull que sàpiga que ho estem fent tot. Tenim una unitat especialitzada que està pentinant el Barcelonès Nord. Estem utilitzant gossos, helicòpters i tots els mitjans tècnics coneguts. A més a més, hem posat en marxa una campanya de televisió i premsa per demanar la col·laboració ciutadana...

Després de la traducció corresponent per part d'en Cesc, Mrs. Stone no es dóna per convençuda, ni de bon tros.

–Senyor inspector, li vull dir que a Anglaterra, l'Scotland Yard ja hagués trobat la pista...

S'obre la porta del despatx. És en Toti, que xiuxiueja una bona estona a l'orella d'en Blai Botet.

–Senyors, em disculparan, però és que m'informen que la seva filla i el seu segrestador han estat vistos en un McDonald's de Montigalà.

Dit això, l'inspector surt del despatx posant-se l'americana, i sense donar més explicacions. En Cesc tradueix a Mrs. Stone que la policia ha descobert una pista.

–Exigeixo que algú em porti ara mateix a aquest refotut McDonald's. Allà hi deu haver la meva nena. Sento com em crida. Pobreta meva.

Davant de la desaparició de l'inspector, i de tot el seu equip, en Cesc es veu en l'obligació de respondre les exigències de Mrs. Stone, i acompanyar-la a Montigalà.

–«Montigalà... Montigalà...» –pensa ell–. «On deu ser això?»

Nou

Sant Jeroni de la Murtra és un vell monestir que sobreviu als afores de Badalona i Santa Coloma, amunt, a la muntanya. El lloc manté un cert encant, malgrat que la història l'ha maltractat amb incendis i saquejos a dojo, i que, a més, la societat industrial que modernament l'envolta, l'ha sotmès a una degradació intensiva, sobretot pel que fa a l'entorn. En els darrers anys, però, un petit grup de monjos hi ha recomençat l'activitat religiosa comunitària.

A primera hora de la tarda, en Xavi i la Jenny pugen pel camí que va des de Ca l'Alemany fins a Sant Jeroni, resseguint la vall de Betlem. Mentre travessen un paisatge de vinyes abandonades i camps erms, els núvols s'enfosqueixen i unes gotes grosses són el preludi d'un xàfec, que obliga la parella a fer una bona correguda, cosa que no els evita d'arribar xops al monestir. En Pere, el padrí d'en Xavi, els fa una gran rebuda.

–Passeu cap dins. Uf! Si esteu ben molls. Us deixaré alguna cosa per canviar-vos.

La Rosalia, la dona d'en Pere, és una pagesa de caràcter força eixut, tot al contrari d'ell, que és un home molt afable. Malgrat tot, està contenta cada cop que veu en Xavi.

–Quina alegria, Xavi, feia temps que no et vèiem –li diu ella.

–Em sembla que no havies pujat per aquí des que vas marxar de Santa Coloma –afegeix en Pere.

Ni l'un ni l'altra fan cap menció a la mare d'en Xavi. No la poden veure. De fet, l'Encarna és una dona carregada d'enemics.

–Preneu aquestes tovalloles i us aneu eixugant. Mentrestant, us vaig a buscar alguna roba dels nois que encara guardo per l'armari.

El matrimoni de masovers fa uns vint anys que viu al monestir. Allà s'hi han fet grans. Els nois, com ells els diuen, es van casar i viuen a baix, l'un a Santa Coloma i l'altre a Barcelona. A en Pere i la Rosalia, els monjos els tenen en gran estima. Conreen una mica d'hort, just per a ells i per a la dotzena de religiosos que hi viuen regularment. L'única feina que els és carregosa, és haver d'atendre el públic els dies de visita del claustre.

–Padrí, he vingut perquè necessitava que ens fessis un favor. Ens hauries de deixar quedar a dormir, almenys aquesta nit.

–Saps que això no ho has de considerar cap favor. Tu sempre ets ben rebut en aquesta casa. Us podem ajudar en alguna cosa més? Teniu algun problema?

–No, no. I ara. Només necessitem que ens acolliu aquesta nit. Mireu, ella, la Jenny, és anglesa i la vaig conèixer l'any passat, quan vaig anar a Anglaterra a estudiar. Doncs resulta que ha vingut a passar uns dies a Barcelona amb la seva mare, però ahir, la pobra dona va agafar un mal de ventre molt fort, i la van haver d'ingressar. La Jenny ha passat molt mala nit a l'hotel, tota sola; i per això m'ha trucat. El problema és que no podia endur-me-la a casa. Vosaltres no heu vist el pis on vivim a Ciutat Vella, però us asseguro que no admet cap mena de visita. I llavors he pensat que em podríeu ajudar.

–Ja t'hem dit que no pateixis –ara és la Rosalia qui es mostra excepcionalment amable–. Quedeu-vos els dies que vulgueu.

–I com es troba la mare de la Jenny? –pregunta en Pere.

–Oh, bé. Només se l'han quedat en observació. Esperem que li donin l'alta aviat.

En Xavi és un mestre en l'art de mentir, i l'usa regularment per sortir-se'n en una vida que mai no li ha estat fàcil. La Jenny, més refeta del cansament de la correguda sota la pluja, no pot fer més que somriure, en una conversa que endevina que va bé, però que no pot entendre.

–Veniu, que us ensenyaré les habitacions. Em fa il·lusió que n'estreneu un parell que acabem d'arreglar.

–Caram, quin luxe.

–Ja ho veureu. Han quedat molt boniques. Són a l'altre cantó del pati, a l'hostatgeria. Recordes que estava en ruïnes? Doncs ara els monjos la volen arranjar per fer un centre de trobades religioses. Diuen que així en podran treure un rendiment, però com que no hi ha calés, el projecte es va fent de mica en mica. Aquestes on dormireu, són les primeres cambres que estan totalment acabades, ja tenen el mobiliari i tot.

La tempesta s'ha esvaït, i el capvespre ha ofert una posta de sol lluminosa, neta, amb quatre núvols endarrerits, que s'han anat pintant de diversos colors de la gamma dels vermells. La natura de Sant Jeroni, que amb prou feines sobreviu a la mescla d'abandó i de destrucció a la qual és sotmesa per uns ciutadans escassament respectuosos, es mostra, en canvi, agraïda per la generositat d'un mes d'abril plujós, i obsequia els qui li són amants: amb l'olor de la terra mullada, barrejada amb espígol i farigola; amb les coloraines incipients de flors modestes, com les roselles i les margarides silvestres; amb el brot del verd esclatant de tota mena d'herbei; amb les passejades de cargols i llimacs que, desafiant el destí, surten, descarats, a assaborir la mullena generalitzada. També comparteixen l'esclat primaveral algunes mallarengues, petites i neguitoses, que cerquen pel terra algun cuc distret, mentre que les gavines, més golafres, es deixen de romanços, i se'n van directament a les raconades dels camins, on s'amunteguen brossa i runes que alguna furgoneta acaba de llençar, aprofitant l'anonimat de la foscor.

Tot i que només són les vuit, en Xavi i la Jenny s'avenen a sopar amb els padrins. La Rosalia prepara una amanida, una sopa de verdures i uns quants embotits i maduixes acabades de collir. Un cop acaben l'àpat, ja de negra nit, en Pere els acompanya a l'hostatgeria.

–Au, bona nit. Que descanseu.

Alimentats i canviats, amb texans revellits dels nois de la Rosalia, se senten reforçats en la seva fugida a no se sap on.

–Tens son? –en Xavi pregunta a la Jenny.

–No ho sé.

–Vine, et vull ensenyar una cosa que t'agradarà.

Deixen el llum encès de les habitacions i baixen les escales a les fosques. Al portal de l'hostatgeria s'aturen. El monestir es perfila gegantí i compacte davant d'ells. D'algunes de les finestres, com les dels masovers o les del primer pis, que deuen correspondre a les dels monjos, surt un contrapunt lluminós, que aprofundeix encara més la negror del pati. La Jenny, que està vivint l'aventura amb molta intensitat i l'amor a flor de pell, agafa la mà d'en Xavi. Tots dos, en silenci, senten el misteri d'un lloc i d'una nit tan especial. Els dits de la Jenny van a la recerca del clatell d'en Xavi, fins que tot el seu cos s'hi penja. Un grill hi posa la música.

–Anem al monestir –li diu ell.

Ara és en Xavi, qui li pren la mà. Travessen el pati interior fins arribar a la porta, majestuosa, de l'edifici principal.

–Espera't aquí, Jenny. Un dia en Pere em va ensenyar un truc per entrar-hi.

En Xavi busca una clau en un petit amagatall a la paret de dins del pou.

–Ja la tinc. Segueix-me.

En la negror del portal, en Xavi cerca un pany d'una porteta. La Jenny, força espantada, s'amaga al seu darrere. La clau penetra sense gaires estridències per una cavitat que li és natural. La mà que la sosté la gira, el pany trontolla, les frontisses grinyolen. La porteta, finalment, s'obre, obeint la pressió d'en Xavi. Un cop ja tots dos dins, el xicot torna enrere i deixa la porta ben tancada, altre cop.

–On som? –pregunta la Jenny.

–Al claustre del monestir.

–Claustre?

–Que tens por?

–Sí.

El claustre de Sant Jeroni és una joia guardada en l'embolcall d'un monestir atrotinat. Es tracta d'una peça arquitectònica esplèndida, tot i que en una de les destruccions va perdre una ala del seu magnífic quadrat. A la part baixa llueix unes columnes i unes arcades, tan fines i estilitzades que només el gòtic del segle XV pot garantir. Però per als dos joves intrusos, tota aquesta bellesa queda oculta per la foscor abassegadora, envoltada per un misteri que desprenen unes pedres que atresoren l'esperit de l'antigor. La majestuositat del moment queda enaltida per la musiqueta juganera del rajolinet d'una font, que amb prou feines aconsegueix esmorteir la severitat del silenci del lloc. El grill del pati ja no se sent, però el crit aïllat d'un mussol afegeix una mica més d'incertesa i neguit a la situació. La Jenny, aterrida, estreny la mà d'en Xavi. Ella lluita contra els pensaments de fugida d'aquest lloc, i finalment pot més l'embruix de viure un moment únic, al costat del seu noi.

–Besa'm, Xavi.

Es besen com ho han anat fent des de fa gairebé dos dies, cada cop que recorden que s'estimen, la qual cosa ocorre molt sovint. Però aquesta vegada, protegits per la foscor gòtica, ho fan amb una força descarada, desafiant alhora els perseguidors i la sacralitat del lloc. Els llavis es parlen amb el llenguatge de la lubricitat. Els dos adolescents descobreixen, sense pressa, la profunda sensualitat que pot arribar a desprendre un petó. Els cossos encensos també es busquen i, per art d'encantament, la tensió que els havia provocat la negror del lloc, es transforma en passió.

Tota la simbologia del claustre, concebuda amb finalitats més espirituals, es manté al marge dels fets amorosos que estan succeint, com si la nit oferís impunitat a la parella d'enamorats. La murtra centenària amb el tronc recargolat; els xiprers altius, gegants, que apunten directament les constel·lacions, que cíclicament es passegen pel tros de cel religiosament urbanitzat; els capitells, que han sofert com cap altra peça de Sant Jeroni la barbàrie dels homes; la finesa de les columnes i de les arcades, senzilles i elegants. Cadascun dels elements del claustre mostra una gran indiferència per la provocació de l'amor explosiu d'en Xavi i de la Jenny, i potser, fins i tot, hi hauria qui s'atreviria a interpretar el seu silenci com un signe de comprensió. Probablement, no deu ser la primera vegada que han hagut de ser testimonis muts dels estralls que l'amor pot arribar a provocar en les persones.

–**Encara tens por?** –pregunta en Xavi, en un respir.

–**T'estimo.**

De sobte els sembla que tot ha canviat. Les ninetes dels ulls se'ls han acostumat a la manca gairebé absoluta de llum i, ara, ja poden veure les formes del jardí i de les arcades.

–**Vine** –li diu en Xavi.

Molt més valents, surten al pati del claustre, i s'asseuen a l'escaleta de la font central, on es repengen a la pedra, i la mirada se'ls en va, lògicament, enlaire. L'espectacle que els ofereix el cel davant seu és únic.

–**Uau!** –fa ella.

El ruixat de mitja tarda ha estat seguit d'una neteja generalitzada de núvols i calitges, la qual cosa ha propiciat que planetes i estrelles, de totes mides i intensitats, hagin trobat l'oportunitat de mostrar-se en plenitud. Tots ells comparteixen un quadrat gòtic, que els fa de marc, discret i senyorial, per lluir les millors vestimentes. Un estel fugaç creua en diagonal el quadrat.

–**Quin desig has pensat?** –s'apressa a preguntar ell.

–**Que vull que guanyem la nostra cursa. Que no ens trobin mai. I tu?**

–**Que vull fer l'amor amb tu.**

–**Jo també, Xavi, però és que encara tinc una mica de por.**

–**Por? De què?**

–**No ho sé. De tot. De perdre la virginitat, de la penetració, de l'embaràs, de la sida... Jo què sé.**

–**Ui, ui, ui... Jenny, amor meu. Totes les pors se t'esvairan a les meves mans.**

En Xavi ha tingut moltes experiències amb noies més grans i, malgrat la seva edat, està convençut que en matèria de sexe ja ho sap gairebé tot. La Jenny, que està mostrant gran valor en tota la fugida, en canvi, manté alguns recels sexuals, acumulats a força d'anys i anys d'educació puritana.

–Perdona'm Xavi, no t'enfadis. Vull deixar-te clar que farem l'amor, però necessito una mica més de temps. No és que estigui espantada, ni tampoc que rebutgi el sexe. Només necessito temps. És un problema que m'he de resoldre jo soleta.

–Jo t'ajudaré, Jenny.

En Xavi sap que la Jenny no té res a veure amb totes les altres noies amb qui ha sortit. Ella és molt tendra, i valenta. I, a més a més, ell se l'estima. Mai no havia sentit res de semblant per cap altra noia.

En Tom i la Mar han voltat Santa Coloma de punta a punta. L'avi d'en Xavi, que ha estat la primera visita que han fet, els ha acabat la paciència. La primera dificultat ha estat trobar-lo en el bosc de pisos que hi ha a la muntanya de les Oliveres, però un cop l'han localitzat, han descobert fins a quin punt l'Alzheimer li havia assecat el cervell. Amb tot plegat, han perdut molt de temps i no han tret l'aigua clara de res. Després, quan el capvespre ja queia damunt la ciutat, s'han llançat a la recerca de les adreces dels dos amics, més amics, d'en Xavi, segons els havia dit la senyora Carme. La investigació, en aquest cas, tampoc no ha donat cap resultat. Els havien dit que un d'ells vivia al carrer Mas Marí, en un extrem molt poblat del barri del Fondo, que fa frontera amb Badalona. Els carrers estrets, serpentejants i les pujades extremes, han estat un escull dur, agreujat per un festival de senyals de trànsit, que sempre els indicaven les direccions obligatòries, en el sentit just al contrari indicat per la guia. Però una vegada assolida la fita, han descobert, amb frustració, que les indicacions de la senyora Carme corresponien a uncs barraques que l'Ajuntament havia enderrocat feia un mica més d'un any, segons els va dir un veí.

–Uf! Se'ns han fet les nou i encara ens queda l'altra adreça –diu decebuda la Mar, repenjant-se a la moto.

–Doncs per avui se'ns ha acabat el temps. Haurem de tornar demà –en Tom ja té el casc a la mà.

–¿Tu creus, Tom, que trobarem alguna pista darrere d'aquests amics? No sé... Començo a estar molt confosa.

–Però, a algú han d'haver demanat ajut, aquesta parella, segur, Mar. Encara que només sigui per passar la nit –en Tom es queda pensatiu una estona–. Saps què? Et queden forces? Per què no anem a donar un cop d'ull a aquest monestir dels afores?

–Ara? De nit?

–Sí. He tingut, de cop i volta, com un pressentiment. Ara mateix estava pensant què faria jo en el lloc d'en Xavi per passar la nit. A veure, segueix-me el raonament. Si el masover del monestir és el meu padrí, i jo me l'estimo i ell també a mi, segons ha insistit la senyora Carme, llavors tot encaixa, Mar. Tinc l'amagatall perfecte! Els monestirs, des de l'edat mitjana, han estat un lloc excel·lent per amagar-se. Anem-hi, segur que hi són.

Se'n van a l'Ajuntament i pregunten al guàrdia de la porta, quin és el millor camí per anar a Sant Jeroni.

–No deixin les indicacions de la Clínica mental. Després han d'agafar el camí de la Pallaresa. Ja veuran, és un que és de terra, que comença més enllà de la Clínica, a l'esquerra.

Una estona més tard, un cop posats a la realitat, tot és un pèl més difícil del que els havia promès el guàrdia. Els indicadors de la Clínica mental, que segons l'agent els haurien d'haver conduït pel bon camí, no fan més que confondre'ls, dins del laberint urbà dels carrers que voregen el parc Europa. I quan, finalment, albiren la Clínica, es troben que el camí de la Pallaresa també amaga els seus petits secrets, almenys pel que fa als inicis. Després d'alguns dubtes, se surten amb la seva, i aconsegueixen deixar enrere els llums de la ciutat i de l'autopista que l'envolta. Pel camí, en Tom ha de tenir molta cura a esquivar sotracs i travessers, que l'aigua furga en el sauló cada cop que hi ha tempesta. Quan la Harley Davidson supera la Torre Pallaresa, s'endinsa per una fondalada, que els fa l'efecte de ser espessa, per l'augment de foscor que provoquen els arbres que de sobte els envolten. Un parell de revolts els ajuden a sortir de la boscúria, i els porten als peus d'un edifici gegantí, del qual destaquen tres o quatre finestres i balcons, que desprenen una llum tènue, signe evident que, ni que sigui en part, aquell impressionant monument està habitat.

Aparquen la moto en una placeta a l'entrada principal del recinte, ben arrambada a una barana baixa, que fa de balcó sobre uns horts. Al fons de la vall es veu la lluminositat de Badalona i la línia de la costa, que separa l'espectacle nocturn de la civilització, de la foscor natural del mar. Un únic fanal, amb una bombeta pobra i esgrogueïda, els marca el camí cap a una porta de fusta grandiosa. Un interruptor petit, en relació amb les proporcions del conjunt, dóna el toc de modernitat pràctica a una porteta serrada a un costat del gran portal.

En Pere sent el timbre i s'aixeca del sofà a veure qui hi ha. L'home encara està astorat per l'avís policíac de recerca d'en Xavi i la Jenny que tot just acaba de sentir a les notícies de la televisió.

–«No pot ser que en Xavi hagi segrestat aquesta nena anglesa» –en Pere no s'ho treu del cap, mentre camina pel pati interior, cap al portal–. «Sort que la Rosalia dorm. Si ho hagués sentit, s'hagués posat molt nerviosa.»

Abans d'obrir la porta exterior, aprofita per mirar cap a l'hostatgeria.

–«Veig que encara tenen el llum encès. Vaig a veure qui hi ha, i corro a parlar amb aquest noi. A veure quina una n'ha fotut ara. Ai, mare meva! Més val que no se n'assabenti la Rosalia.»

En Pere obre l'espiera.

–Qui hi ha?

–Volíem parlar amb en Pere. Deu ser vostè, oi? –pregunta en Tom.

–Jo mateix –respon el masover, una mica sorprès.

–Podem entrar? És que hem de parlar amb vostè.

–De què volen parlar, a aquestes hores?

–D'en Xavi, en Xavi Vives.

–No deuen pas ser policies?

–No, no. Som amics.

En Pere dubta. Es mira en Tom, i força una mica l'angle de la vista per copsar la Mar.

–Amics de qui?

–De la Jenny, i també d'en Xavi –menteix en Tom.

Finalment la porteta s'obre.

–Mirin –els diu en Pere–. Si hem de parlar fem-ho al pati. Em perdonaran, però és que la meva dona dorm, i no vull que sàpiga res de tot això d'en Xavi.

En Tom i la Mar entren al pati interior, mentre que en Pere se'n va cap a dins de la casa per comprovar si la Rosalia continua dormint. Fetes aquestes tasques, el masover invita els visitants a seure al banc de pedra que té al costat de la porta del claustre. Una mica nerviós, el padrí d'en Xavi es llança a xerrar.

–M'acabo d'assabentar, ara mateix, per les notícies de la televisió, de tot això del segrestament d'aquesta nena anglesa, i encara estic molt impressionat. Mirin, jo me l'estimo molt en Xavi, i tot i que és un baliga-balaga, creguin-me que és incapaç de fer mal a ningú. Segur que ell no ha segrestat aquesta nena anglesa.

En Tom se'l mira fix als ulls i li endinya pel broc gros.

–Sabem que en Xavi i la Jenny són aquí. Sabem, senyor Pere, que vostè els amaga.

–Oh, no, no...

–Nosaltres no li hem de fer cap por. Hem vingut per ajudar en Xavi. Escolti'm bé: si la policia els enxampa, cosa que no trigaran a fer, perquè s'hi han abocat, a la Jenny la retornaran a casa seva, a Anglaterra, però qui rebrà de valent serà en Xavi, perquè el posaran en mans de la justícia de menors. Vostè, senyor Pere, no es pot ni imaginar què pot significar això per a ell...

–Oh, Déu meu. No continuï, sisplau... Pobre Xavi. Amb una mare com la que li ha tocat, no podia acabar d'una altra manera.

–Esperi, que encara no ho tenim tot perdut –en Tom s'ha començat a fer seu en Pere–. La Mar i jo tenim un pla, però abans potser que ens presentem. Ella, la Mar, és la noia que va acollir la Jenny aquí a Barcelona i jo, que em dic Tom, sóc el seu tutor. El nostre pla consisteix a trobar aquesta parelleta. Si ho aconseguim abans que no ho faci la policia i els convencem que no poden continuar fugint, ens endurem la Jenny i direm a la policia que en Xavi se'ns ha escapat; llavors vostè el pot amagar una temporada. Cregui'm que amb la Jenny a casa, la policia afluixarà el cercle que té sobre en Xavi. Tindran altres casos, de ben segur.

–Però en Xavi no l'ha segrestada l'anglesa, oi?

En Pere està obsessionat per saber si el seu fillol ha comès un delicte. A més a més, l'home recorda que el tracte que es tenien en Xavi i la Jenny, no era el que ell s'esperaria entre un segrestador i una segrestada.

–I ara –respon en Tom–. És una bogeria d'amor. Aquests ximplets s'han enamorat com Romeu i Julieta.

En Pere es rasca el cap i mira els llums de l'hostatgeria.

–Segur que no m'enganya? No li faran cap mal a en Xavi?

En Tom estreny amistosament el genoll d'en Pere.

–Miri'ns bé. Fem cara de mentiders?

–Segueixin-me.

Amb en Pere al davant, en Tom i la Mar fan cap a l'hostatgeria. Pugen dalt al pis i, amb gran sorpresa per part de tots tres, es troben les habitacions ben buides.

–On cony deuen ser aquests, ara? –remuga en Pere.

–I les seves coses? –pregunta la Mar.

–No duien res. Han arribat tan amarats que els hem hagut de donar roba vella dels nois: texans i samarretes i jerseis.

Tots tres escorcollen el pati. En Pere fa un cop d'ull a l'amagatall de la clau. Recorda la debilitat que de ben petit ja tenia en Xavi, per anar a veure el cel estelat des de la font central del claustre. La clau no hi és.

–Escolti, senyor Pere. No pot ser que en sentir-nos arribar s'hagin amagat dins del monestir?

–No, no. Segur que no. Els monjos són molt recelosos i es tanquen per dins.

En Cesc i Mrs. Stone han regirat Montigalà: l'hipermercat, les botigues, els lavabos, els afores. Res de res. Cansats, es cruspeixen unes hamburgueses al mateix McDonald's, on se suposa que els fugitius han dinat. En el trajecte de tornada al pis de la Vila Olímpica, Mrs. Stone no para de xerrar, tal com ha fet durant tota la tarda; però tancats dins de la capsa del vehicle, l'efecte d'aquella xerrameca és més colpidor, perquè a en Cesc li és més difícil desconnectar. A més a més, la dona és d'aquelles que quan nota que l'interlocutor no està per ella, acaba la seva afirmació amb un: oi? o algun interrogant equivalent. Aquesta tàctica obliga el sofert acompanyant a baixar dels núvols cada cop que sent que la cançoneta del discurs fa com unes notes més agudes.

Quan finalment arriben a casa, en Cesc té el cap com un timbal, i el seu somni no és altre que deixar aquell monstre parlador a l'habitació dels convidats, que és la que havia estat de la Jenny les tres nits que va passar al pis dels Badia, i llançar-se al llit per reposar dels estralls provocats per haver passat la nit amb la Dolors i el dia amb Mrs. Stone.

–«Ostres! La Dolors... Déu meu. L'havia d'haver trucat.»

Se'n va al telèfon i veu que el llum del contestador fa pampallugues.

–Cesc. On t'has fotut? Porto tota la tarda buscant-te. Al despatx m'han dit que no en saben res, de tu. Fes-me un truc sisplau, que vindré volant cap a casa teva. Estic molt deprimida. Aquí, al pis de Vilassar, em trobo molt enyorada, i en Ricard m'assetja constantment. Ara ja penjo el telèfon quan sento que és ell. T'estimo, amor meu. Et necessito molt.

En Cesc penja, atabalat pel caire que estan prenent les coses amb la Dolors.

–«Si ella se sent assetjada, no sé com m'hauria de sentir jo» –pensa ell–. «Resulta que apunto la Mar a un intercanvi i em segresten l'estrangereta i per postres ara he de fer de Sherlock Holmes amb la mare de la noieta. I justament, en aquests moments, a la Dolors li han agafat pessigolles de vés a saber què. Si fa tota una vida que ens coneixem!»

El timbre del telèfon el treu de les cabòries, malgrat que

abans de despenjar encara té temps per a un altre pensament:

–«La Mar! No en sé res des de fa...»

Finalment despenja.

–Digui?

–Desgraciat de merda –és la veu d'en Ricard, en Cesc no en té cap mena de dubte–. Deixa la meva dona en pau o et fotré una pallissa que et farà oblidar la batussa del Pati Llimona.

–Però, escolta...

–Ni escolta ni punyetes. T'acabo de veure entrar amb ella a casa teva.

–Si no és... Escolta, Ricard, t'equivoques. Això és un terrible malentès...

–No em confondràs. Sóc a la porta de casa teva i us he vist perfectament. Tots dos anàveu en el teu cotxe i heu entrat directament a l'aparcament. O li dius a la Dolors que surti immediatament o et munto un sidral que t'en recordaràs. Tu ja em coneixes.

Mentrestant a comissaria, en Blai Botet s'ha quedat fins tard esperant la resposta de la col·laboració ciutadana, després que durant tot el dia, ràdios i televisions no paressin de reclamar la recerca popular dels adolescents.

–Ep! –crida un policia encarregat de l'escolta telefònica del pis dels Badia–. Escolteu això. Crec que no té res a veure amb el segrestament, però és una trucada amb molt de marro.

En Blai, en Toti i altres policies s'apinyen al voltant de la cinta. Astorats, escolten la gravació de la trucada d'en Ricard. Un dels agents de la comissaria, que no participa en la recerca, intervé decidit.

–Ricard Reguant i Francesc Badia. Aquests són els dos animals que van arrasar el Pati Llimona aquest cap de setmana. Els recordo perfectament, jo estava de guàrdia quan els van dur. Valdrà més que hi enviem un cotxe patrulla ara mateix. Aquests tipus són dos personatges molt perillosos.

Deu

–Per la via 1, tren procedent de Barcelona amb destinació a la Tor de Querol. Té parada a totes les estacions i baixadors.

L'estació de Ripoll té un aire decadent, trist, resultat d'una grandesa ja llunyana, quan els trens de mercaderies es movien pel munt de vies mortes de les andanes de càrrega, al ritme que imposaven les fargues del Ter i del Freser. En aquella època, l'estació de Ripoll era un nus de comunicacions on els trens es bifurcaven cap a Sant Joan de les Abadesses o, fins i tot, continuaven fins a les mines d'Ogassa; però la majoria escollien la línia internacional, que a la Tor de Querol bescanviava passatgers amb els prestigiosos trens francesos. Ara, però, l'estació és un monument a l'oblit, i per la gran parada de vies i andanes només hi flueix un trànsit escarransit de trens, que uneixen Puigcerdà amb Barcelona.

Responent a les previsions de la megafonia, el tren arriba i descarrega una dotzena de passatgers, en Xavi i la Jenny entre ells. El viatge ha estat força turmentós per a la parella. A Granollers i a Vic han hagut d'esquivar controls policíacs. En Xavi, ben atent, ha saltat amb la Jenny del tren, aprofitant l'instant que els policies hi pujaven. A l'estació de Granollers, encara els ha donat temps a tornar a pujar, tan bon punt han vist que els seus perseguidors acabaven la feina. En canvi, a la de Vic han perdut el tren, perquè l'escorcoll encara continuava quan el tren ha arrencat. Malgrat tot, un cop superades aquestes peripècies, han aconseguit arribar, sans i estalvis, a un dels seus objectius: Ripoll.

Anit, quan en Tom i la Mar es van acomiadar d'en Pere a Sant Jeroni, li van deixar un missatge molt clar:

–Miri, senyor Pere –li va dir en Tom, ja fora a la placeta–. Sé que té en Xavi i la Jenny aquí dintre, i que no els vol delatar.

–Però vostès ho han vist. Vatua l'olla! Aquesta parella ha fugit quan els han vist entrar.

–Jo li diré on són. S'han amagat al monestir. Almenys és el que jo hagués fet en el seu cas, però com pot comprendre, no puc començar a llevar monjos, ni posar-me a regirar sota els llits. Quan surtin, sobretot, digui'ls una cosa, sisplau: que ens truquin, o a mi o a la Mar. Aquí li deixo els nostres telèfons. Insisteixi que és molt important, si no volen anar a raure a comissaria.

En Pere, un cop acomiadats en Tom i la Mar, es va plantificar a la porta del claustre.

–«Quan es cansin de mirar estels, ja sortiran» –va pensar.

I exactament les coses van anar tal com en Pere havia pensat. Quan la parella va sortir, el masover els va donar un bon ensurt i, allà mateix, a la porta del claustre van estar xerrant. Ell, el padrí d'en Xavi, no callava amb les tesis d'en Tom. L'home considerava que era l'única sortida que tenien.

–Truca'ls ara mateix, Xavi. A hores d'ara, ja deuen haver arribat a casa.

En Xavi feia de traductor a la Jenny, mentre que en Pere esperava pacientment les llargues deliberacions que tots dos tenien en anglès.

–Potser sí que hauria de trucar a la Mar –deia la Jenny.

–Mira, Jenny, això nostre és a cara o creu. Si renunciem a l'escapada no permetran que ens veiem mai més.

–Oh, no, Xavi. No ho podria suportar. No podria viure sense tu.

–Tinc un pla –va dir ell de sobte–. **Fem veure que els truco i així tranquil·litzem el meu padrí, i demà, de bon matí, marxem cap a un poble del Pirineu que es diu Sant Pau. Sóc molt amic dels amos del càmping. Són gent de Santa Coloma que es van establir allà. De fet, havíem quedat que**

dissabte vinent pujaria per ajudar-los durant tota la Setmana Santa. Hi estarem molt bé, ja ho veuràs.

La Jenny es va tornar a engrescar. La por de perdre en Xavi l'encoratjava a provar les aventures més agosarades. Viure l'amor amb intensitat al costat d'ell havia estat l'objectiu que l'havia fet embarcar-se en aquesta aventura, i ara que el tenia no el volia deixar escapar; tot i que, de tant en tant, li venia com un rosec a la panxa que l'advertia de la gravetat de la malifeta.

Una estona abans, al pis dels Badia, a la Vila Olímpica de Barcelona, es va confirmar el desastre que un dels policies havia vaticinat en interferir la trucada telefònica. En Ricard va ser qui va començar la gresca prement indiscriminadament el quadre de timbres de l'escala d'en Cesc, mentre cridava pel porter automàtic que en Cesc era un saltataulells i un violador, i que vigilessin les dones de l'escala perquè tenien per veí un obsés sexual. En pocs minuts es va organitzar una gran cridòria al veïnat i, finalment, davant de la manca de resposta d'en Cesc, el president de l'escala el va haver d'anar a trobar.

–Potser que baixi a parlar amb aquest beneit –li va dir.

–Parlar? –va preguntar espantat.

Forçat pel president, en Cesc hi va haver d'accedir. Des del vestíbul de l'escala, fora a la vorera, va poder copsar personalment l'espectacle d'en Ricard pitjant el quadre de timbres de tota l'escala.

–Però què fa home! –li va dir, recriminant-li la demostració d'incivisme.

–Que què faig? Veu aquest martell?

Efectivament, en Cesc va veure un martell que l'agressor esgrimia amb el braç enlaire.

–O baixa la Dolors ara mateix, o començo a trencar aquests vidres tan bonics de la porta.

Tot intent d'explicar a en Ricard que aquella dona del cotxe no era la seva, va resultar inútil i, després d'una forta discussió, en Cesc no va veure cap altra manera d'aturar aquell ximple, que no fos sorprenent-lo amb un cop de puny directe, sec i fortíssim a la galta esquerra, a conseqüència del qual en Ricard va caure estrepitosament al terra, mentre el martell volava per l'aire, per acabar bruscament la seva trajectòria parabòlica amb un esclat contra el parabrisa del cotxe patrulla, que, en aquells moments, arribava a gran velocitat amb la sirena posada.

–Hòstia! Què ha estat això? –va bramar desconcertat el conductor, després que un cop eixordador tornés sobtadament opac el parabrisa.

–Atura't! Ha estat un tret! Ens volen matar! –va cridar l'altre policia.

–No veig res...

El cotxe patrulla, després de saltar-se un semàfor en vermell, va xocar amb un altre cotxe, que havia estat sorprès per les giragonses esperpèntiques del vehicle de l'autoritat. La violència s'havia desfermat a la Vila Olímpica, al mateix temps que, al claustre de Sant Jeroni, la parella de refugiats havia trobat un recer de pau i amor, beneït per les constel·lacions.

Com a conseqüència de la batussa, i de les posteriors agressions a l'autoritat, sobretot per part d'en Ricard, en el moment de la detenció, en Cesc i en Ricard van anar a raure novament a la garjola de la mateixa comissaria, on ja tenien formalitzada una acusació pels fets, també violents, del cap de setmana passat al Pati Llimona. Tots dos han hagut de passar una altra nit entre barrots, ja que no és fins l'endemà, dimecres, que a la comissaria no tenen lloc les gestions que es desprenen de la ressaca de la batalla nocturna de la Vila Olímpica. La Dolors i el seu advocat aconsegueixen demostrar la innocència d'en Cesc, la qual cosa, aquest cop, no els és gaire difícil, ja que l'agressor, en Ricard, va quedar molt identificat per tots els testimonis.

–Aquesta vegada no l'en penso treure. A veure si s'hi calma una mica –xiuxiueja la Dolors a l'orella d'en Cesc, mentre un agent acaba d'omplir papers.

–Ah! Per fi el trobo! –una veu atiplada, parlant en un anglès embarbollat, els treu de la intimitat en la qual s'estaven submergint la Dolors i en Cesc–. **En aquell pis, per no haver-hi, no hi ha ni menjar. El senyor m'ha deixat tota sola perquè em podrís, allà tancada. Però vostè no em coneix, senyor Badia. He agafat un taxi i li he dit: cap a comissaria a la recerca de la meva nena. I ara me'l trobo aquí, volent portar les investigacions tot sol. ¿És que pensava apartar-me del rastre de la meva filla estimada?**

Davant l'esclat de Margaret Stone, s'ha fet un silenci expectant. La majoria de persones presents en aquell moment als despatxos no entenen ni un borrall del brollar de frases que articula aquella estranya dona. La Dolors, que no sap anglès, tampoc. Mrs. Stone arreplega pel braç un Cesc, encara astorat per la nit de calabós, i se l'enduu, tot vencent una resistència tan ridícula com inútil.

–Au, va. No podem badar més, que tenim tot un dia per endavant i hem de recórrer aquesta maleïda ciutat, de punta a punta, i arrencar la meva filleta d'aquests segrestadors malparits.

–Però Mrs. Stone, vostè ahir no parlava d'aquesta manera tan ordinària... –insinua, amb veu tremolosa, en Cesc.

La Dolors, clavada al seient, encara triga una estona a reaccionar:

–Però no m'havies dit que l'anglesa de casa teva tenia setze anys? Quin poca-vergonya que estàs fet! Resulta que em deixes per una espècie de dona d'en Popeye!

Malauradament per a la Dolors, quan pronuncia aquestes paraules, ja no la senten els implicats, perquè en Cesc, portat del bracet de Mrs. Stone, ja està sortint per la porta del carrer de la comissaria.

Des d'un racó del despatx, en Blai Botet fa una observació a en Toti:

–¿A qui se li deu haver acudit confiar l'allotjament d'una nena estrangera a un vàndal que contínuament es veu embolicat en saraus nocturns?

Sense cap altre contratemps, a Ripoll, en Xavi i la Jenny agafen l'autobús de Camprodon i baixen a Sant Pau de

Segúries, just el poble anterior al final del trajecte. El càmping és en una roureda als afores del poble, en un punt on els mapes marquen que passa la ratlla que limita el Ripollès amb la Garrotxa. Des d'allà es divisa una bona panoràmica sobre una part ampla de la vall de Camprodon, que combina harmònicament turons boscosos amb conreus d'alfals i prats. La serra Cavallera i el Costabona retallen el cel cap al nord. Són carenes i cims dolços, gens feréstecs, dels quals agrada lluir la silueta enfarinada els anys que el temps ha estat propici i no ha escatimat la neu. En aquest lloc, l'amant de la muntanya té al seu abast una de les cares més amables del Pirineu. El càmping, d'altra banda, té un encant per ell mateix, que principalment rau en la solera dels seus roures, i en l'ombra profunda que ofereixen a qui s'hi vulgui endinsar.

En Carles és el fill petit dels amos del càmping. Té dinou anys i, malgrat les diferències d'edat, va fer una gran amistat amb en Xavi al pati de l'escola, molts anys abans, quan la família d'en Carles encara vivia a Santa Coloma. Però fins i tot després del trasllat, en Carles va aconseguir que, gairebé cada estiu, en Xavi pugés uns dies a Sant Pau.

–Au, va, mare –li implorava en Carles–. L'invitem una setmaneta. En Xavi s'avorreix com una ostra a Santa Coloma, tot el dia pel carrer. No va mai enlloc en tot l'estiu.

L'amistat de tots dos es basava en les trapelleries, ja que eren dos nens que no es distreien prou amb els companys de classe. Ells volien coses fortes, experiències úniques, viure al límit. Ara, en Carles, malgrat la seva joventut, és un puntal al càmping, sobretot al restaurant i al bar. Va ser ell mateix qui va demanar a en Xavi que pugés a treballar de cambrer per Setmana Santa.

–Que hi ha en Carles? –en Xavi pregunta a la noia del taulell de recepció.

–Haureu d'anar al menjador. Deuen estar acabant de servir les últimes taules.

–Si el pots avisar, sisplau, l'esperarem aquí mateix.

–Però, potser triga. Deuen tenir encara força feina.

–Tant és. Ens esperarem el temps que calgui.

En Xavi no es vol exposar que la família d'en Carles els vegin. En Pere el va advertir que les televisions havien estat exhibint fotos de tots dos. Per tant, han hagut de procedir a un cert canvi d'imatge. La Jenny s'ha recollit els cabells i s'ha comprat unes ulleres de sol i un barret de beisbol a la botigueta de l'estació de Granollers, mentre fugien de l'escorcoll del tren. En Xavi n'ha tingut prou amb un barret com el d'ella.

–Ei! Xavi! –en Carles ha anat a recepció quan ha acabat la feina a veure qui era la parella que l'estava esperant–. Què fots aquí? No havíem quedat que pujaries dissabte?

–Podem anar a la teva habitació i xerrem allà?

–I no em presentes la teva amigueta?

–Sí, sí, però millor que sortim d'aquí.

Tot obrint la porta de l'habitació, en Carles els pregunta:

–Ja heu dinat?

–A Ripoll ens hem fotut uns *bocates*. Hem tingut sort que el padrí, cada cop que em veu, em deixa anar a la butxaca alguns calés.

L'habitació d'en Carles és petita, però molt confortable. Com que és sota terrat, la cambra ha agafat aquell aspecte acollidor de les golfes. Hi té el seu racó: música, molta música, revistes de motos i cotxes; malgrat que, fora d'una estona a la tarda, gaudeix de ben poques hores per al descans, sobretot en temporada alta. S'asseuen al llit i en Xavi posa en Carles al corrent de l'escapada i de quina és la seva situació. És la primera vegada que en Xavi i la Jenny se sinceren amb algú i, fins i tot ella, es llança a xerrar. En Carles parla un anglès força fluid, i això també hi ajuda molt.

–No patiu. Podeu comptar amb mi. Aquí al càmping és molt fàcil passar desapercebut. Tinc una tenda canadenca d'una gent que ens la van deixar, i no han tornat mai més. També us puc deixar alguns sacs de dormir de reserva. Només heu de tenir la precaució de no aparèixer, per res, per la botiga; ni per cap dels llocs cèntrics del càmping. Si us sembla bé podem fer el següent pla: aquesta tarda us en aneu a fer un tomb pel bosc. Ep! Res d'anar a les botigues

de Camprodon. Jo, mentrestant, us donaré d'alta amb noms falsos i us muntaré la tenda cap a l'extrem de dalt del càmping. De l'excursió, serà millor que en torneu cap allà les vuit, que ja serà de nit. Dins de la tenda us deixaré una mica de sopar. Perquè la conegueu hi posaré una enganxina a la porta, d'aquelles grosses que tenim de propaganda del càmping. Per anar al vàter no vingueu a aquests d'aquí a baix, aneu als de dalt, els que veieu més a prop de la tenda, i mai no hi aneu junts. Quan acabi la feina al restaurant us vindré a veure i xerrem una estoneta. D'acord?

–Molt bé, Carles –respon obedient en Xavi.

–Au, va, marxeu, que jo me'n vaig a començar el pla o no tindré prou temps.

En Carles agafa en Xavi pel clatell i li diu en català:

–Hòstia, xaval, aquest cop l'has feta forta, però saps que pots comptar amb mi.

–Gràcies, Carles. Sabia que no em fallaries.

–Només us poso una condició per a la meva ajuda –en Carles els diu altre cop en anglès–. **Si per mala llet us enxampen, intenteu no embolicar-m'hi. La mare no m'ho perdonaria, per allò del bon nom del càmping.**

–Hi pots comptar, Carles. Serem una tomba.

Els amics s'abracen.

–Ens podries deixar un parell de bicicletes?

–I tant. Sortiu directes fora i m'espereu a la zona dels contenidors. Allà us les portaré.

La Jenny, tot marxant, s'apropa a en Carles i li fa un petó.

–Gràcies –li diu en català a cau d'orella.

Poca estona després, a la zona dels contenidors, en Carles els fa el lliurament de les bicicletes.

–On aneu?

–A Sant Antoni –respon en Xavi ja en marxa.

–Bon lloc... I solitari!

Sant Antoni és una ermita construïda dalt d'un turó que presideix el bell mig de la vall de Camprodon. Es tracta d'una muntanya modesta, que té més voluntat de miranda de l'espectacle pirinenc que l'envolta, que no pas de lluïment propi. L'espès boscam li dóna un aire inaccessible i força solitari, per al caminant. En Xavi i la Jenny, amb la tarda ja ben entrada, enfilen amb les bicicletes la carretera general. Deixen enrere La Ral, l'ermita del Remei, la Colònia Estebanell i, fugint de l'entrada de Camprodon, agafen la variant de Molló. A l'indret de la Font Nova s'aturen i lliguen les bicicletes a un fanal.

–Cansada?

–Buf! És que aquesta carretera pujava molt.

–Doncs, reposem una mica aquí, a la font. Després sortirem a peu pel camí de Sant Antoni.

En Xavi mostra a la Jenny la muntanya que han de pujar, que és precisament davant d'ells. Ell està exultant, content per la reacció d'en Carles. També està satisfet de dur la Jenny a Sant Antoni. Per a en Xavi, aquesta feta és molt important. Aquesta excursió era la que més els agradava a ell i a en Carles, els dies d'estiu que estaven junts. Jugaven i s'amagaven per aquell bosc tan enrevessat, fins que aconseguien desesperar la Montse, la mare d'en Carles. La Jenny, per la seva banda, se sent revifada. En fugir de la ciutat s'ha retrobat amb el verd dels camps i, tot i que el paisatge és força més escarpat que el de Bournemouth, notar el batec, el color i l'olor del camp li ha donat un punt de confiança. Amb aquest bon estat d'ànim, agafen un camí que puja dret, tot travessant prats on pasturen vaques i vedellets. No triguen gaire a assolir els primers àlbers que fan de portal del bosc, fet que aprofiten per reprendre l'alè, que se'ls havia descompost amb les primeres rampes. Als peus tenen la vila de Camprodon, esclava de la trobada del Ter amb el Ritort i soterrada al racó més ombrívol de la vall, que duu el seu nom. En Xavi i la Jenny s'entretenen a resseguir amb la mirada: el monestir de Sant Pere, les escoles, l'hospital, les torres senyorívoles del passeig Maristany. D'allà estant, senten el brogit humà del poble, alguns xiscles de nens jugant a la plaça de Santa Maria, un camió que toca la botzina en creuar-se amb un altre d'amic per la carretera que va a França. Fins que un soroll proper, en un dels boixos que tenen darrere, els retorna a la realitat. Un animal surt corrents cap a la zona més espessa del bosc, però, tot i prestar-li molta atenció, no han encertat a veure què era.

Ja de negra nit, tornen per la carretera de Camprodon a Sant Pau. Les bicicletes no tenen cap mena de llum. Sort que el camí fa baixada, i molt abans del que preveien arriben al càmping. L'excursió els ha tret del cap totes les cabòries, especialment a la Jenny. La pujada l'han suat, i força; però dalt, a l'ermita, han pogut assaborir, en plena solitud, i amb un silenci trencat pel refilar dels ocells, un capvespre pirinenc, carregat de llum i de color. El decorat de la balconada de Sant Antoni l'han compost principalment: la neu dels cims, els boscos de les carenes i els pobles minúsculs de les valls. Asseguts a la gespa i recolzats en un dels contraforts de la soferta construcció religiosa, en Xavi i la Jenny s'han lliurat a un moment de tendresa i s'han endormiscat. Una estona més tard, s'han despertat, espantats, pel repicar proper de l'esquella d'una vaca.

–Ostres! Si ja és de nit –ha exclamat ella, força espantada i tremolant de fred.

De fet, encara quedava una mica de llum, però la sensació de foscor els ha fet venir unes presses tan fortes, que han baixat a gran velocitat, fins al punt que el que els havia costat més d'una hora de pujada, s'ho han menjat en vint minuts de baixada.

–No corris tant, Xavi! Que em torçaré un turmell.

Ella no es cansava de cridar durant tot el trajecte. Ell, però, semblava un boig perseguit per una patrulla de psiquiatres. Es llançava pel pedregam de la tartera, talment com si esquiés; tallava les ziga-zagues del camí, que tan penosament havien pujat, fent dreceres que fregaven el suïcidi; esquivava els arbres del bosc, a dreta i esquerra com si es tractés d'un eslàlom. Finalment, havien aconseguit una baixada de Sant Antoni gloriosa, que feia recordar les que a en Xavi li agradava fer amb en Carles, en els temps que arribaven a fer veritables curses.

Un cop al càmping, seguint les instruccions d'en Carles se'n van directament a la zona més allunyada, on no els costa gens trobar una tenda amb l'enganxina de propaganda del càmping. Deixen les bicicletes i hi entren furtivament, com correspon a la seva condició de fugitius. Dintre hi troben un parell de sacs de dormir, dos anoracs vells, un fanal de gas, dues tovalloles, un pot de sabó de bany i un parell d'entrepans embolicats amb paper de plata.

–Tens el millor amic del món –li diu la Jenny.

–I la millor noia del món.

Ell li fa un petó.

–Ep! Que ara li toca el torn a l'estómac. Jo no sé el teu, però el meu es queixa.

Mengen amb gana, encara suats per l'excursió que acaben de fer.

–Podríem dutxar-nos, encara que fos de manera clandestina –li diu ella rient.

–I haurem d'anar als serveis clandestins d'aquí al darrere –continua bromejant ell.

La Jenny hi va en primer lloc. En Xavi espera que ella torni per fer el relleu del sabó. El xicot gaudeix de la dutxa. Canta sense miraments, emparat en l'anonimat. Després, al mirall, el sorprèn una barba incipient, desigual, filla de la fugida.

–«M'agrada» –pensa.

Amb el cor alegre torna a l'amagatall, on l'espera la noia que l'atrau com no ho havia fet ningú a la vida, i per la qual s'ha llançat a fer una ximpleria d'unes conseqüències que no vol ni pensar.

–Jenny –diu ell en veu baixa desconcertat per la foscor absoluta que regna dins de la tenda.

–Hum...

–Com és que has apagat el fanal?

–Perquè no em vegis.

–Què?

–Tanca d'una vegada la cremallera de la tenda i vine, que et vull explicar una història.

Ell es descalça, deixa les sabates fora i, tot gatejant, s'introdueix a la tenda.

–Què vol dir això que no vols que et vegi? Uau! Ja t'has fotut dins del sac?

–És que et vull explicar una història que és la següent –ella posa intriga a l'assumpte, forçant una veu sensual–. **M'he posat dins del sac perquè tenia fred, i tenia fred perquè vaig totalment nua, i vaig totalment nua perquè vull fer l'amor ara, aquí, i vull fer l'amor perquè t'estimo.**

–N'estàs segura?

–Hum...

–I les teves pors?

–Se les ha quedat Sant Antoni, o potser va ser Sant Jeroni.

–Diuen que els sants sempre ajuden molt.

Mentre parlen tendrament amb els llavis a tocar, ell va descordant la cremallera del sac d'ella, per descobrir la fruita, que se li ofereix tendra, com la primavera que tot just està naixent.

–Només et posaré una condició –li diu ella.

–Un condó –respon ell–. **No t'amoïnis. En duc un a la butxaca.**

–Ah, sí?

–Quan el dilluns et vaig venir a buscar a l'Institut, m'ho jugava tot a una carta. Tant podia ser que em donessis carabasses, com que arribéssim a viure un moment tan feliç com aquest.

Fan l'amor amb la passió i la imperícia pròpia dels amants que descobreixen els seus cossos per primera vegada. Tots dos, però sobretot ella, ho viuen amb tanta intensitat, que no donen cap importància al fet que tot vagi una mica més atropellat del que desitjaven.

Poc després d'haver fet l'amor es vesteixen, encenen el fanal i esperen en Carles, que no arriba fins passada la una de la nit. Per a tots dos és un bon moment per xerrar de les seves vides, sense plantejar-se gaires plans per a un futur que se'ls presenta més aviat complicat.

Onze

–No, no hi som, però tornarem, no et tallis i deixa un missatge.

–Ostres! El contestador automàtic! –protesta la Jenny, penjant empipada el telèfon públic.

En Xavi i la Jenny van estar de xerrameca amb en Carles, fins ben entrada la matinada. Els dos vells amics es divertien explicant a la jove fugitiva dotzenes d'anècdotes de Santa Coloma i del càmping. Van riure de totes les ximpleries que els passaven pel cap, van fer mofa dels tics dels amics, o del parlar del babau de la colla. I per cloure la vetllada, en Carles els va obsequiar amb una selecció d'acudits de la darrera collita, malgrat que la majoria, amb les trifulgues de la traducció, agafaven un cert aire surrealista.

La Jenny, avui dijous, s'ha desvetllat amb la llum del dia. Ha tingut un dormir molt agitat, amb somnis angoixants, trencats per breus despertars. El rosec que la malifeta li provoca, de tant en tant, a la boca de l'estómac se li ha desfermat. Amoïnada, s'ha llevat per anar al lavabo cap a quarts de nou. Ha donat un cop d'ull a en Xavi, que dormia com una soca, i li ha fet un petó, que no ha tingut cap mena de resposta. Pel camí de tornada dels serveis de dalt, s'ha descobert, a la butxaca dels texans, el paper amb els telèfons de la Mar i d'en Tom que els havia donat en Pere. Amb la nota a la mà, s'ha assegut al terra, a l'ombra d'un roure. El desassossec li ha esdevingut ingovernable, fins que, finalment, ha pres una espècie de compromís amb ella mateixa.

–«Continuaré l'escapada amb en Xavi. L'estimo massa per deixar-lo... Però necessito parlar amb la Mar.»

El contestador és un senyal evident que la Mar no és a casa. La Jenny dubta. No sap si li hauria de deixar un missatge. S'ho rumia, però no. Malgrat el fracàs de la trucada, el seu determini d'entrar en contacte amb el món se li ha fet tan insostenible que, sense pensar-s'ho dues vegades, marca el telèfon d'en Tom.

–Digui? –és la veu de la Mar a l'altre cantó de la línia.

–Mar!

–Jenny!

A la comissaria, l'agent encarregat de les escoltes fa un bot de la cadira.

–Hi ha contacte. És ella! Gravació! Ràpid. Truqueu a en Blai. Toti! Seguiment! Que la tinc...

–Tenia moltes ganes de parlar amb tu. No saps com sento, Mar, tots els maldecaps que t'estic fent passar.

–Au. Deixa't de romanços, Jenny, i digue'm on ets.

–És que no sé si t'ho he de dir...

Les contradiccions tenallen la Jenny.

–Au, digue-ho, reina –cantusseja un dels agents, intèrpret d'anglès.

–Jenny, xata. Hem de parlar, tu i jo, urgentment abans que no t'enxampin tots els llops que duus rere teu.

–Llops? –pregunta la Jenny innocentment.

–Llops? –tradueix el policia intèrpret.

–Et té segrestada en Xavi? T'ha fet mal? Ah, ja ho sé. El tens apuntant-te amb una pistola i no pots parlar.

–Pistola? –riu la Jenny–. **Què va, Mar. No et pots ni imaginar com és de bo amb mi en Xavi, ni com me l'estimo.**

–Ja, ja. Si no t'apunta amb una pistola, no tinc cap mena de dubte que estàs grillada per ell.

–És meravellós, Mar...

Això mateix. Xerreu, xerreu, nenes. Un minut més i enxampem el telèfon –l'agent intèrpret parla sol–. Ep! Com ho teniu! –fa un crit als companys que, desesperadament, van a la recerca del número origen de la trucada.

–Aviat, aviat la tindrem. De moment ja sabem que truca de fora de la província de Barcelona.

En aquell precís moment s'incorpora al grup en Blai Botet. En Toti li fa cinc cèntims de les novetats.

–Ja el tinc! –crida l'expert encarregat de la recerca–. Espereu uns segons que consultem l'ordinador de la companyia.

El tècnic en telecomunicacions tecleja un terminal. Tothom s'hi aboca passant del contingut de la conversa de les dues noies, que l'intèrpret va traduint sense gaire èxit de públic.

–Mira'l. Ja el tenim! –crida excitat en Blai–. És un telèfon públic d'un càmping de Sant Pau de Segúries. On collons és aquest poble?

Un dels agents respon ràpidament.

–És un poble molt petit, prop de Camprodon, a la comarca pirinenca del Ripollès.

–Au, va. Vull l'helicòpter ara mateix i una trucada urgent al comissari de Camprodon. Tothom en marxa. Ens en anem d'excursió a la muntanya. Toti! Tan bon punt acabin de parlar les nenes, arreplega la cinta de la conversa, que l'analitzarem pel camí.

–Bé, Mar. No t'ho volia dir, però som a un càmping d'un poblet del Pirineu, que es diu Sant Pau de Segúries. Però sisplau, Mar. Vigila molt. Que ningú no et segueixi. Guarda'm el secret. No voldria que ningú ens espatllés això nostre.

Com cada dia, cap a les onze del matí, en Carles torna del poble, on ha carregat al jeep el pa i la fruita. Però quan ja enfila el darrer revolt del camí del càmping, veu que un dels vehicles de la policia de Camprodon és aparcat a recepció.

–«Hòstia! Això no m'agrada gens» –el cor li fa un salt.

S'atura a la porta de la cuina, ocult de la visió del cotxe de la policia, descarrega el menjar tan ràpidament com pot, surt directament al bar i, procurant no ser vist, s'endinsa cap al bosc, corrent amb moderació per no despertar sospites.

–«En quin merder m'he fotut. Quan ho sàpiga la mare em matarà.»

Arriba a la tenda panteixant. Obre la cremallera i entra sense manies. L'ambient que hi troba dins és absolutament aliè a tot el que s'està coent a l'exterior del càmping. La Jenny està estirada amb la mirada perduda a la lona del sostre de la tenda. Una llàgrima li brolla amb timidesa. En Xavi continua dormint.

–Ep! Nanos! –en Carles sacseja en Xavi que s'asseu d'un bot–. **La poli ja és aquí. Heu de fotre el camp ara mateix. Jo us he ajudat i ara m'heu de tornar el favor.**

–És que jo no sé si vull continuar fugint... –la Jenny, molt trasbalsada, esclata a plorar, i s'abraça a en Xavi–. **Perdona'm Xavi, estic molt nerviosa. No sé què em passa... Perdona'm, però és que de sobte m'han vingut molts remordiments...**

–No deus haver pas trucat tu a la policia? –li pregunta en Carles.

–No, no. Jo només he trucat a la Mar.

–A la Mar? Oh, no! –en Xavi es posa les mans al cap. **Deurien tenir el telèfon punxat.**

–Ei, parella –en Carles està encara més neguitós que ells–. **Si us sembla bé, deixeu per a un altre moment la discussió sobre si us voleu deixar enxampar, o no. Jo us ajudo a pirar, i pel camí us ho aneu parlant.**

–Per quin camí, Carles?

–No és moment de fer preguntes. Hem de ser molt ràpids. ¿Recordes, Xavi, el camp de bàsquet, a l'altra cantó de la riera?

–Sí, és clar que sí.

–Hi ha una porteta molt petita a la tanca externa del càmping, que dóna directament a la carretera. Us espereu allà arrupits a les mates. Jo passaré amb el jeep i us recolliré. Ah! Plegueu els sacs d'una revolada i no us oblideu d'agafar els anoracs.

En Carles torna a la cuina, però la noia de la recepció li surt gairebé del darrere dels fogons.

–Ostres, Carles! No et trobava per enlloc. Tinc aquí el

comissari de Camprodon, que em pregunta si tenim allotjats un tal Xavi Vives i una noia anglesa. Però al llibre de registre no hi consten.

–Doncs llavors és que no hi són –respon ell–. Digue-li tu mateixa al comissari que vagi a emprenyar a un altre càmping.

–Diuen que tenen la certesa que són aquí, i que segurament es deuen haver inscrit amb noms falsos. Escolta'm, Xavi. ¿No podria ser aquella parella que ahir van preguntar per tu? Em va fer l'efecte que ella era estrangera.

–No, dona, no. Com vols que siguin ells?

–Doncs vine i els ho expliques tu mateix, perquè ells diuen que volen començar l'escorcoll del càmping.

–Tu demana'ls si tenen l'ordre judicial, que jo vinc de seguida.

L'helicòpter segueix la traça del riu Ter en el sentit contrari al que recorren les aigües. En Blai i en Toti tenen els auriculars connectats a l'emissora. L'inspector, de l'helicòpter estant, gairebé bramant, dóna ordres al comissari de Camprodon, que el té connectat per mitjà de la ràdio del cotxe aparcat a la recepció.

–Ja, ja entenc que en el llibre de registre no hi consten, i que el càmping és un laberint de rulots. A veure, miri vostè mateix, en aquest llibre, les entrades que hi ha hagut les darreres quaranta-vuit hores.

El pilot ja albira el poble de Sant Joan de les Abadesses, estès en una part ampla de la vall. La neu del Taga els anuncia que s'estan introduint en un indret pirinenc.

–Falta molt? –pregunta en Blai al pilot.

–Cinc minuts!

–Inspector! –crida el comissari de Camprodon per la ràdio–. Ahir només van registrar l'entrada d'una parella, però ja li he dit que els noms no es corresponen.

–No em sigui tros d'ase! ¿Que no veu que aquests dos van pel món amb noms falsos? Au, corri cap a la tenda on s'allotgen, que segur que són ells!

Segons el pla previst, en Carles ha carregat al jeep en Xavi i la Jenny, a la porteta de la tanca del càmping que dóna a la carretereta del Cap sa Costa.

–On anem? –pregunta en Xavi que s'ha assegut al costat d'en Carles.

–He pensat que mentre rumieu el vostre futur més immediat, us duré a un lloc on segur que no us trobaran.

–Una cova? –pregunta des del darrere la Jenny, força més reviscolada, com si amb l'acció de la fugida hagués esvaït algunes de les boires que li enterbolien el cap.

–No, dona. Jo he d'anar al restaurant de les pistes d'esquí de Vallter, que des de fa un parell d'anys el duu el meu germà gran. Tu ja el coneixes, Xavi, en Roger. Vaig quedar que avui li pujaria un carregament de fruita. O sigui que ningú no em trobarà a faltar al càmping.

–I nosaltres? –pregunta la Jenny.

–Per a vosaltres, crec que el millor és que pugeu al refugi d'Ull de Ter. Allà coneixereu en Marçal que és el guarda, és un tipus excel·lent. El trucarem des del bar de les pistes.

–Però deu estar ple d'esquiadors –apunta en Xavi.

–I ara. Es tracta del refugi d'excursionistes, dels de tota la vida. Com que no s'hi pot arribar en cotxe, als esquiadors no els agrada. Penseu, però, que a partir de demà, segur que hi començarà a arribar la gent de la Setmana Santa, per això en Marçal ja hi deu ser posant-ho tot a punt. Crec que avui, dijous, encara hi podreu estar tranquils.

L'helicòpter aterra en un camp al davant del càmping. En Blai i en Toti baixen corrents, ajupits i despentinats. A fora, a la recepció, el comissari s'afanya a donar explicacions als nouvinguts:

–La recepcionista ha cantat, senyor inspector. Ens ha dit que, efectivament, ahir va arribar una parella molt jove, que van preguntar per en Carles, el fill petit de la casa. Segons la recepcionista, la noia era estrangera i la descripció coincideix plenament amb els fugitius. També hem revisat una tenda sospitosa, on probablement han passat la nit, però és ben buida.

Tan bon punt aparca el cotxe, la Montse, la mare d'en Carles i mestressa del càmping, que acaba d'arribar d'unes gestions al banc, s'incorpora al grup de policies reunits drets a la porta del recinte.

–És vostè la mare d'en Carles?

–Sí. Que li ha passat alguna cosa?

–Senyora, aquí les preguntes les faig jo.

La Montse no és de les que s'encongeix per les impertinències d'un desconegut, encara que acabi de baixar d'un sofisticat aparell volador.

–Ah, sí? Doncs sàpiga, que en primer lloc, aquí és casa meva, i que, en segon lloc, encara no he tingut el gust que ningú ens presentés, però si com em penso és l'amo d'aquesta colla de bergants, vull advertir-lo que no continuaran molestant els campistes sense una ordre del jutge. I per cert! ¿A vostè qui li ha donat permís per deixar aquesta màquina voladora al camp d'en Petllari?

–Bé, en primer lloc li demano disculpes, senyora, i en segon lloc, sóc l'inspector Blai Botet, aquest és el meu ajudant Toti, i estem encarregats de la recerca d'un tal Xavi Vives i d'una nena anglesa que ha fugit amb ell.

–En Xavi? –pregunta la Montse alarmada–. Què ha fet en Xavi?

–Ara m'agrada, senyora. A veure si així pot col·laborar amb uns pobres policies, i ens diu on els té amagats.

–Amagats? Com s'atreveix a insinuar...

–Bé, bé –en Blai la talla–. Doncs, com a mínim, digui'm on és el seu fill.

–Suposo que es refereix a en Carles. A veure... –la Montse fa una llambregada al lloc on acostuma a deixar el cotxe el noi–. Ara que hi penso, avui havia quedat amb el seu germà que li pujaria la fruita al restaurant a l'estació d'esquí de Vallter. Segur que ara hi deu ser de camí.

En Blai es gira cap al Toti i li dóna ordres a cau d'orella:

–Encercla el càmping mentre aconseguim l'ordre del jutge. No vull que hi entri ni hi surti ningú sense el teu permís. Mentrestant, me'n vaig a donar un tomb per les pistes d'esquí amb l'helicòpter. Tinc la impressió que aquest Carles ens amaga alguna cosa.

La Montse gira cua per parlar, ella també, amb la seva gent.

–Ep! Senyora, sisplau –en Blai crida–. Em podria dir com és el cotxe del seu fill?

–És un jeep negre, dels grossos: un Daihatsu.

El Daihatsu deixa enrere el poble de Setcases, l'últim de la vall. Travessa el Ter, rocós i feréstec, per una passera encimentada a nivell del llit del riu, que s'empassa l'aigua tant per baix com per dalt. A partir d'aquell punt, els faigs, els pins negres i els avets s'ensenyoreixen del paisatge, cobrint de bosc espès les carenes que, escarpades, s'enfilen a dreta i a esquerra de la carretera. Només alguns prats, clapats de vaques i cavalls, trenquen el domini aclaparador de les arbredes.

–Ostres. Això és un gran espectacle! –exclama la Jenny.

Enfront d'ells s'alça majestuosa la cara de llevant del Gra de Fajol. Des del punt per on avança el jeep, aquest cim ofereix l'única perspectiva esquerpa i alpina que el viatger pot copsar a la vall de Camprodon que, fora d'aquest punt, és un dels racons més dolços i suaus del Pirineu. Les crestes de pissarra negra del Gra de Fajol pugen dretes cap al pic de la piràmide, resseguides nítidament pels filets nevats de les torrenteres. Els núvols, molt baixos, són a tocar de les muntanyes, cosa que fa que la neu i la boira mostrin una continuïtat visual, i les puntes rocoses de les carenes ofereixin un aspecte fosc, amenaçador.

Aquesta visita inopinada a un indret d'alta muntanya ha estat capaç de treure la Jenny dels seus pensaments. S'ha d'admetre, però, que per a una noia procedent d'un poble del sud d'Anglaterra, la visió d'un indret on les muntanyes freguen els tres mil metres, és com a mínim sorprenent, sobretot després d'haver-se passejat, un parell de dies abans, pels entorns industrials de Barcelona.

–On són les pistes d'esquí? –en Xavi pregunta amoïnat.

–Cap a la dreta d'aquest pic. En un quart hi serem.

El brunzit llunyà d'un helicòpter fa emmudir en Carles que, alarmat, ressegueix, mitjançant el retrovisor, el cel de la vall.

–Encara no es veu –crida.

En Carles fa una maniobra brusca i aparca sota d'uns pins, molt espessos.

–Ja els tenim aquí –en Carles adverteix–. **Ho sento, però hem de canviar els plans. Baixeu aquí i agafeu el camí antic del refugi. Ja veureu com no té pèrdua. Va seguint el riu tota l'estona. És molt dret i té molt de pedregam. Per la part de dalt trobareu força neu, però no patiu perquè el camí és net, com a mínim fins al refugi. En teniu per tres o quatre hores. Us aconsello que us ho prengueu amb calma, però si sentiu l'helicòpter us arrecereu, abans que ells no us vegin a vosaltres. Ep! Agafeu fruita i aquella bossa blanca, hi trobareu un parell de croissants.**

–I tu? –li pregunta la Jenny a en Carles, ja des de fora el vehicle.

–Jo faré el que tenia planejat. Pujaré al restaurant del meu germà com si no hagués passat res. No patiu, que des d'allà trucaré a en Marçal al refugi per advertir-lo de la vostra arribada.

–Gràcies, Carles.

La Jenny li fa un petó i en Xavi el despentina amb un calbot amistós.

–Ara quan jo arrenqui us esteu deu minutets ben quiets sota d'aquests arbres. Després, si no sentiu l'helicòpter, podeu començar a caminar amb tota tranquil·litat.

La maniobra d'en Carles ha despistat l'helicòpter, que ha arribat a les pistes sense haver visualitzat el gros Daihatsu negre.

–Aterrem a l'aparcament? –pregunta el pilot.

–No, no. Tornem al càmping –respon l'inspector.

A Barcelona hi ha una altra recerca que segueix camins ben diferents. Mrs. Stone, amb en Cesc segrestat per ella, ha recorregut incansable la ciutat. D'aquesta manera, ella, la mare desposseïda de filla, s'ha transformat en una investigadora pertinaç, capaç d'emprar tota una variant de mètodes grollers i primitius de l'art de la recerca de persones perdudes: han pentinat els carrers més concorreguts de la ciutat, conduint lentament, cosa que els ha fet guanyar més d'una escridassada, per part de conductors aïrats; han mostrat la foto de la Jenny a totes les colles de joves que passejaven pel Gòtic; han anat a Santa Coloma a preguntar obertament pels carrers si algú havia vist un noi morè segrestant una pobra pèl-roja anglesa. Res de res. En Cesc, tot aprofitant un moment de relaxació en un cafè, ha intentat trucar a la feina i a la Dolors, però Mrs. Stone li ha requisat el telèfon, sense miraments.

–Mr. Badia. Vostè m'ha perdut la Jenny i ara me l'ha de trobar. No se'm distregui amb trucadetes, que tenim molta feina.

Arribada la nit, en Cesc s'ha sublevat contra la dictadura de la recerca.

–Anem a sopar i a dormir, Mrs. Stone. Per avui ja en tenim prou.

–Prou? Per a mi no hi haurà descans fins que no trobi la meva pobreta filla. I per a vostè, que me l'ha perduda, tampoc, Mr. Badia.

–Però escolti'm –en Cesc gairebé implorava–, **deixem que la policia faci la seva feina. Nosaltres no la trobarem mai, la Jenny, en aquesta ciutat. És impossible.**

–La policia? No em faci riure. ¿Es refereix a aquella colla de gripaus de qui ja s'han escapat un parell de vegades? Miri, Mr. Badia, comença la nit i, per tant, durem la nostra investigació particular als locals més sòrdids de la ciutat. El cor em diu que aquest segrestador deu haver trobat acolliment als baixos fons, on segurament deu tenir arrels.

Margaret Stone, absolutament aliena al fet que aquella mateixa nit la seva filla ha perdut la virginitat a mil metres sobre el nivell del mar, s'ha endut en Cesc a una processó pels soterranis del pecat i del vici. Amb una llista confegida a base de guies turístiques i cartelleres de diari, han visitat sales decadents de ball, *tablaos*, bars de *top-less*, teatrets de varietats, espectacles de pornografia en viu. A tot arreu han ensenyat la foto de la Jenny, evidentment, sense cap mena de resultat. Fins que ben entrada la matinada, i amb unes copes de més, han tornat derrotats al pis, on el llumet del contestador advertia que hi havia alguna trucada:

–Cesc, sóc la Dolors. Et deixo aquest missatge a la una de la nit. No sé on deus haver anat amb aquesta anglesa repugnant. Si no em truques a Vilassar i em dónes explicacions convincents de tot plegat, et juro que demà mateix pago la fiança i trec en Ricard de la presó...

A en Cesc se li ha gelat la sang. Mentrestant al lavabo, Mrs. Stone estava fent esforços per treure's de l'estómac la càrrega alcohòlica que havia acumulat en la llarga recerca nocturna.

Dotze

–Ep, nanos! Per sopar: puré de patates amb tonyina i llom arrebossat. Us va bé?

En Marçal, el guarda del refugi d'Ull de Ter, viu normalment a Setcases amb la família, però tots els caps de setmana puja a obrir el refugi. En canvi a l'estiu, la dona i les nenes l'han d'ajudar, ja que sempre hi ha molt de moviment. Ell, feia anys, havia estat un bon escalador i, fins i tot, va anar amb una expedició a l'Himàlaia. Fer de guarda del refugi d'Ull de Ter ha estat una sortida molt natural a la seva manera de ser: un home amant de la muntanya, entranyable i franc.

En Xavi tradueix, la Jenny fa que sí amb el cap.

–D'acord! –respon ell del pis de dalt estant.

Tot ha funcionat segons les previsions d'en Carles: el guarda ha pujat avui, dijous, per arranjar el refugi i carregar celler i magatzem de cara a l'endemà, divendres, que comença el període de Setmana Santa. La parella ha arribat al refugi cap a mitja tarda, mig morts de cansament i amb els peus xops i gelats. En Marçal els ha ofert mitjons, jerseis, cafè amb llet, galetes i un raconet a la llar de foc. Un cop abrigats i refets, en Xavi i la Jenny, amb l'excusa de fer-se el llit, han pujat dalt, a la cambra de lliteres arrenglerades sota una acollidora teulada de bigues de fusta. Ha estat, finalment, en aquest dormitori, asseguts al matalàs, on han trobat la primera estona de tranquil·litat, des que al matí han hagut de fugir per la porteta falsa del càmping.

–No vull que t'angoixis més, Jenny. Deixem-ho córrer.

Portem quatre dies d'insomni i comprenc que així no és manera de viure.

Ella plora a raig.

–Són els quatre dies pels quals ha valgut la pena viure setze anys, Xavi.

Tanquen els ulls, i amb els llavis segellats, es rebolquen per la llitera. Els cossos es deixen anar i ballen el ritme de l'amor per segona vegada. Aquest cop, sense pressa ni nervis, com si ja n'haguessin après. És el comiat, que revesteix el cerimonial de l'amor d'una serenitat irrepetible. Un cop assolit el plaer de l'un i de l'altra, s'endormisquen sense deixar d'abraçar-se ni un segon.

–Ep, nanos! –és altre cop en Marçal que els crida des de la cuina–. El sopar és a taula. Au, ja podeu baixar!

–Em sembla que m'equivoco –li diu ella mirant-lo de fit a fit–, **però em lliuraré als perseguidors amb dues condicions que m'has de concedir tu: l'una és que l'endemà que jo faci els divuit anys em treguis de casa meva, i la segona és que avui passem la nostra darrera nit aquí, en aquest refugi.**

–D'acord –li diu ell.

–Espero, Xavi, que em sabràs perdonar la traïció.

–Traïció?

–Debilitat, doncs.

Mentre tot això ha passat, fora ha anat caient la nit enmig d'una nevada que havia començat amb quatre flocs innocents, però que ha anat creixent en intensitat.

–Au, va. No badeu més que el menjar es refreda. És que us heu adormit o què?

El sopar per a tots tres està preparat i parat en un extrem d'una de les taules de fusta massissa del menjador.

–Heu sentit el silenci de la neu? –al guarda li brillen els ulls quan parla dels secrets de la natura.

En Marçal parla un anglès molt matusser, que va aprendre en els seus viatges com a alpinista, però si els interlocutors hi posen bona voluntat, la cosa pot funcionar.

–És increïble –respon la Jenny emocionada després d'haver parat atenció al fenomen del silenci i de la neu.

–Quan neva, i sobretot quan ho fa amb aquesta intensitat –continua el guarda–, **el silenci és aclaparador. És una sensació que la capta tot el cos. Escolteu...**

–Creus que podem quedar aïllats?

La pregunta de la Jenny no és gratuïta. Ella pensa, que tot i haver pres la decisió d'abandonar l'aventura, si la natura els fes el favor d'un aïllament, les hores o els dies que els regalés la neu, sempre serien d'agrair. En Marçal no li dóna gaires esperances, a causa de l'època de l'any. Acaben de sopar i tots tres desparen taula.

–Us agrada jugar a cartes? –pregunta en Marçal.

–Jo no en sé –respon la Jenny.

–Bé doncs, i el parxís, què tal?

–Oh, sí, sí.

Cap a dos quarts d'una de la matinada, uns tocs a la porta exterior del refugi sorprenen en Marçal, mentre està acabant d'endreçar la cuina.

–Que estrany –remuga–. Qui deu ser?

Els cops a la porta són cada vegada més insistents. Dalt, al dormitori, en Xavi i la Jenny, a mig desvestir, es miren amb resignació. Tots dos estan convençuts que els perseguidors ja han arribat. En Marçal és l'encarregat, evidentment, d'obrir la porta. Dues figures molt abrigades, i materialment emblanquinades, es dibuixen a la negror de l'exterior. La intensitat de la caiguda i el gruix de les volves de neu justifica, a bastament, l'aspecte dels nouvinguts.

–Passeu, passeu. A veure si us podrem refer –bromeja en Marçal.

Al rebedor del refugi, especialment preparat per a aquestes situacions, els visitants es deslliuren de barrets, manyoples, anoracs; exercici que va descobrint uns perfils de figures humanes, encara tremoloses pel fred passat.

–Traieu-vos les botes que us duc uns peücs. Us quedeu a dormir, m'imagino.

–Sí, és clar. Gràcies –respon la Mar.

–Podrem menjar alguna cosa? –pregunta en Tom.

–Hum... A aquestes hores no tinc res a punt. Ep! Ara que hi penso. Crec que ens ha sobrat una mica de puré.

–Amb qualsevol cosa, mentre estigui calenteta, ens faràs feliços.

En Xavi i la Jenny estan a l'aguait, arrupits a l'escala, per identificar els nouvinguts, però tan bon punt aquests entren al menjador, a la Jenny ja no li queda cap dubte.

–Mar!

–Jenny!

–Ha! Ha! I vas deixar el guàrdia asfixiat en un fanal? Ha! Ha! –riu la Mar.

En Tom i la Mar han menjat com a llimes tot el que en Marçal els ha posat al davant, mentre que en Xavi i la Jenny els anaven explicant tota la gran varietat d'anècdotes que l'aventura de la fugida havia donat de si. Els dos perseguidors i el mateix guarda es fan creus de la tenacitat i la fortuna que han tingut els joves enamorats.

–Us faré cafè i trauré algunes galetes d'aquelles de Camprodon, que tant agraden als turistes.

–I com ha estat que ens heu trobat aquí, en aquest cul de món? –pregunta la Jenny.

–Cul de món? –protesta en Marçal.

La Jenny reserva un esguard afectuós per a l'amfitrió d'una nit tan excepcional. Tots riuen.

–Vosaltres dos no teniu ni idea de l'enrenou que s'ha muntat darrere vostre –és la Mar qui s'explica ara–. **Cap al migdia hem arribat al càmping i l'hem trobat encerclat per la policia. L'inspector encarregat de la vostra recerca, un tal Blai Botet, ens ha reconegut tan bon punt ens hem llevat els cascos. L'home estava histèric, acabava d'arribar de perseguir el jeep d'en Carles amb l'helicòpter, sense cap resultat.**

–Ja, això ens sona –diu en Xavi, mentre estreny la mà de la Jenny.

–Llavors, allà mateix, sense cap mena de vergonya ha coaccionat el jutge per telèfon, perquè li donés autorització per escorcollar el càmping i totes les instal·lacions de les

pistes d'esquí. Ens ha dit que estava convençut que en Carles, que llavors no coneixíem, us havia amagat, però que, amb una mica de paciència, acabaríeu sortint del cau, com els conills.

–Veient la situació –continua en Tom–, **hem decidit prendre'ns un respir i hem anat a dinar al restaurant del càmping on hem conegut en Carles. Li hem dit que no érem policies, que érem amics vostres, i que ens agradaria tenir una conversa amb ell. Com a tota resposta ens ha passat una petita nota escrita a la factura. «A les sis als lavabos de la part de dalt del càmping.»**

–Aquests també ens sonen –riu la Jenny, molt reviscolada per l'escalf de la companyia de la Mar.

–Un cop allà, en Carles ens ha invitat a pujar a una caseta de fusta, al turó que hi ha justament pel damunt dels serveis. «Em segueixen com els gossos a les llebres. Estan convençuts que jo sóc l'ham que els durà a ells», ens ha confessat. «Mireu-los, mireu-los, allà darrere d'aquell arbre, com ens espien. No es molesten ni a amagar-se.» Llavors, no cal que intentem escapolir-nos, li he dit jo. Anem a un lloc on no ens puguin sentir, i ja n'hi ha prou. Per aquest motiu, la caseta de fusta ha estat la solució que ens ha ofert en Carles. Els policies s'han quedat, evidentment, fora i no han pogut sentir ni una paraula. Allà hem tramat el pla que ens ha dut fins aquí amb èxit.

–Però llavors ha començat el millor –afegeix la Mar–. **Quan hem sortit de la caseta, hem anat a recepció a encarregar dues habitacions per passar la nit, la qual cosa ja formava part del pla. Però, a veure si endevineu qui hi hem trobat?**

En Xavi i la Jenny se la miren astorats. Fins i tot en Marçal es mostra expectant.

–El meu pare. Ha! Ha! Amb la teva mare. Ha! Ha! –la Mar assenyala la Jenny.

–Ha! Ha! –la Jenny s'afegeix a la rialla–. **I feien bona parella?**

La crisi de riure oculta, pel que fa a la Jenny, una sobtada angoixa que li ha sobrevingut, en pensar que la seva mare també forma part de l'equip de perseguidors. La mare, per a ella, ha estat la representació casolana de la repressió puritana de l'escola. A la seva formació hi ha hagut un fil conductor que unia les dues institucions: l'escola i la mare. El pare, en canvi, ha estat una espècie de jutge llunyà, sever, que ratificava les sentències que sempre proposava la mare i que, fins i tot, moltes vegades les enduria. Però mai no hi havia contacte. La mare era qui assumia, amb gran dedicació, les tasques més directes i feixugues de la repressió. L'altra cara de la moneda eren els paranys de sobreprotecció i estimació que anaven íntimament lligats als càstigs. Els sentiments de la Jenny per a la seva mare són d'odi, temor i dependència, més o menys per aquest ordre. Ara, en aquest refugi d'Ull de Ter, la noia s'ha d'enfrontar, de sobte, al retorn a la trista realitat, i per primera vegada en tota la fugida està començant a pensar en la rebuda que li farà la mare; però sobretot, ella està segura que serà molt pitjor la del pare i la inevitable expulsió del Victory Queen. Però de tota manera, la Jenny no pot negar que en el fons del seu cor, molt en el fons, també hi ha un bri de necessitat de lliurar-se a la disciplina fèrria de la família, de deixar-se fer, de no haver de pensar. L'aventura d'en Xavi li ha obert tot un món nou, el de l'amor, el primer; però per més que es vulgui, no es deixa de ser una criatura aviciada en quatre dies de fugida. Aquesta mescla de sentiments, i la proximitat de la caiguda a mans dels perseguidors, l'engresquen a esclafir de riure, molt per damunt del que seria natural.

–No us ho creureu –la Mar continua amb el relat–. **Semblava que haguessin intimat tota la vida. Es comportaven com un matrimoni qualsevol. La teva mare no parava de donar ordres i el meu pare semblava un pollet. Pobre, més tard, en un apart, m'ha explicat que anit van recórrer tots els tuguris de mala vida, que prèviament ella mateixa havia seleccionat en una guia turística. La teva mare està convençuda que aquest xicot** –assenyalant ara en Xavi– **és un mafiós.**

–Apa! –exclama en Xavi–. **Ja veieu la sogra quin concepte que té del gendre.**

En sentir dir això de sogre i gendre, la Jenny s'estreny a ell.

–Doncs, fet i fet –diu la Mar–, **la nostra parella d'investigadors nocturns van arribar al pis de matinada amb una mona de primera.**

–La meva mare? ¿Dius que se'n va anar de gresca amb un estrany en un país estrany? I que va veure alcohol? Hòstia! –això darrer en català–. **És increïble!**

–Bé, doncs això és el que m'ha explicat el pare. Però aquí no s'acaba tot, perquè el meu pare, pobre, té un embolic de faldilles per un altre cantó; i la seva amant, una tal Dolors, està bojament engelosida de la teva mare.

–Ha! Ha! –ara riuen tots.

–Rieu, rieu. Però no sé què li deu fer la teva mare, que el meu pare l'he trobat ben esgrogueït i ullerós. Ei! I ara els tenim allotjats aquí mateix, a Setcases.

–Oh, no –fa la Jenny.

–La teva mare, després de sentir com havien anat les coses, està convençuda que sou amagats per aquí dalt; i ha decidit que demà, a primera hora, vol rastrejar les pistes per veure si t'enxampa amb el teu segrestador particular.

–Ha! Ha! Ens hi podríem apuntar tots, per veure quina fila fa ella amb esquís –ara, qui riu és el presumpte gendre.

En Marçal treu una garnatxa que guarda per a les grans ocasions.

–Mireu, tot això que m'expliqueu és tan distret que hem de brindar. Au! Una copeta de vinet dolç per a tothom, que invita la casa. Però, expliqueu-nos com heu arribat a aquesta hora fins aquí dalt, despistant dotzenes de policies especialitzats? –pregunta el mateix Marçal.

En Tom es treu un paper arrugat i humit, amb la tinta mig escorreguda. En el paper s'entreveu un plànol.

–Tot ha estat gràcies a en Carles. A la caseta de fusta l'hem convençut, fàcilment, tot s'ha de dir, que ens havia d'ajudar, perquè vosaltres ens necessitàveu. Ell ha estat d'acord amb nosaltres que, d'aquí dalt estant, teníeu una mala sortida tots sols. Llavors, en aquest paper ha improvisat el que podríem anomenar el pla; i d'acord amb ell, cap

allà les deu de la nit hem sortit amb la moto del càmping, aixoplugats amb uns impermeables molt gruixuts que ens ha deixat ell mateix. S'ha de dir que en aquella hora plovia a bots i barrals a baix a la vall. El comissari, evidentment, ens ha aturat a recepció. Li hem dit que anàvem a sopar a un restaurant nou que havien obert a Espinavell. L'home, com era d'esperar, no s'ho ha cregut i ha enviat dos cotxes darrere nostre. Segons en Carles, es tractava de desorientar-los totalment, portant-los cap a una altra vall. Veieu –en Tom indica la ruta sobre el paper–. Quan hem arribat a Camprodon, en comptes d'agafar la carretera de Setcases per venir a Ull de Ter, hem agafat la del coll d'Ares, i passat Molló ens hem desviat per una carretereta fins a Espinavell.

–Que bèsties! –exclama en Marçal–. No cal que m'expliqueu res més. De nit, nevant i amb moto, heu vingut per Carboners.

–Aha! –confirma en Tom–. Però el més bo de tot ha estat la finta que els hem fet, en arribar a Espinavell, als cotxes que ens seguien. És que aquest Carles és un geni.

–Sí, sí. Ell és un geni fent plans, però nosaltres hi hem exposat la pell –protesta la Mar.

–Hem entrat a l'aparcament del restaurant com si tot fos normal –continua en Tom–, però en comptes d'aturar-nos a la porta, hem anat a un racó del solar que no està il·luminat. Hem tancat el llum de la moto com si anéssim a aparcar. Mentrestant, els cotxes que ens seguien, de manera mal dissimulada, han fet el mateix a l'altra punta de l'aparcament. Llavors, davant nostre, al mur de pedra hem vist una porta per a l'accés de vianants, que dóna pas a un carreró del poble. Ho hem trobat tot, tal com ens ho ha explicat en Carles. I ha estat mitjançant la porteta i el carreró, com amb la llum apagada ens hem escapolit dels cotxes. Els pobres encara ens deuen estar buscant per Espinavell.

–I no us heu perdut per les pistes de muntanya? –pregunta en Marçal.

–En principi el més dur de tot ha estat recórrer el primer tram de la pista forestal, que l'hem fet sense llums –continua relatant en Tom–. Feia molta basarda. A cada revolt desconeixíem què ens trobaríem després. Anàvem molt a poc a poc. Més tard ens hem aturat durant un quart en un lloc on dominàvem tota la vall i, en veure que no ens seguien, hem obert el llum. A partir d'aquell moment hem guanyat en velocitat, fins que la pluja s'ha transformat en neu, i per l'indret del Costabona la nevada ja ho cobria tot. De tota manera, hem de reconèixer que hem tingut molta sort, perquè un jeep devia haver passat no feia gaire, i ens havia deixat les traces marcades; malgrat que els flocs de neu s'entestaven a desdibuixar-les ràpidament.

–Hòstia! És increïble –exclama admirat en Xavi.

–I tot això ho heu fet només per parlar amb nosaltres, abans que no ens enxampi la policia? –pregunta molt estranyada la Jenny.

–Ha estat la cosa més bèstia que he fet mai –diu satisfeta la Mar, sense respondre directament la pregunta de la Jenny–. Després, quan ja hem superat el coll i hem canviat de vall, ha vingut el bosc.

En Tom continua il·lustrant les explicacions amb l'índex sobre el plànol.

–El bosc de Carboners –s'avança en Marçal.

–Això mateix –diu la Mar–. Allà m'he cagat de por. Feia baixada, la moto cuejava i la negror del bosc ens envoltava. Em pensava que no ens en sortiríem.

La Jenny agafa la mà de la Mar per damunt de la taula.

–No m'ho perdonaràs mai això, oi Mar?

–No sé què dir-te. Dels perdons, millor que en parlem un altre dia. La nostra missió, avui, era molt clara. Us volíem convèncer que abandonéssiu l'escapada, que amb tota la policia al darrere no teníeu possibilitats.

–Sento el risc que heu corregut –diu en Xavi acaronant els cabells de la Jenny–, però aquesta nit, en aquest magnífic refugi, hem decidit abandonar.

La Jenny repenja el cap a l'esquena d'ell.

–Ho lamentem molt tot plegat, de veritat –la Jenny es mira en Tom i la Mar–, no sé si podeu entendre el que hem fet, però és que ens estimem molt.

–Això també ho havíem previst i us dúiem solucions –ara

és en Tom qui parla–. **Vosaltres heu de comprendre que la Mar i jo no coneixíem en Xavi; per tant, una de les possibilitats era que això fos un segrestament, més o menys encobert; i us ho vull dir clarament: en aquest cas no hi hagués hagut diferències entre si els primers en enxamparvos haguessin estat els homes d'en Blai Botet, o nosaltres. Aquest xicot hagués anat de cap a la garjola. Però també sabíem que es podia donar el cas, que finalment ha estat: una història d'amor, com les que han fet córrer tanta tinta; i si això és així, llavors heu de pensar que davant vostre teniu els encobridors perfectes, els vostres còmplices preferits. Això és el que ens ha mogut durant quatre dies a una recerca sense fre: xerrar amb vosaltres i veure si us podíem organitzar una retirada, al menys dolorosa possible.**

–Oh, Tom. Gràcies! –exclama la Jenny.

–Penso, Jenny –li diu la Mar–, **que no t'escaparàs d'un esbronc exemplar per part de la família i de l'escola.**

–Ja ho sé –respon ella amb resignació–. **Però mai no em podran treure del cap els quatre dies que he passat amb en Xavi.**

–Per tant –continua en Tom–, **ens hem de concentrar a ajudar en Xavi. A tu, nano, si t'arrepleguen t'ha caigut el pèl, i no crec que et convingui gaire caure en mans d'això que ara en diuen justícia juvenil.**

–Sisplau, Tom. Hem d'ajudar en Xavi. Ell no en té cap culpa. He estat jo qui l'ha vingut a segrestar des d'Anglaterra.

Tretze

La nevada està sent una de les més intenses que es recorden a l'estació d'esquí de Vallter, a la primavera. Durant tota la nit, els gruixos de les pistes han anat pujant de manera lenta, però sostinguda. Els empresaris de l'esquí, després d'un hivern més aviat fluix i d'un Nadal amb neu artificial, veuen com cau la millor nevada de la temporada, justament un dia abans de començar la Setmana Santa. És per això que contemplen amb satisfacció la possibilitat de sargir un pedaç a uns resultats que es preveien més que magres. De bon matí, les màquines llevaneus s'afanyen a netejar la carretera, i les trepitjaneus a preparar les pistes. Tot ha d'estar a punt per a l'allau d'esquiadors que, segons les millors previsions, han de respondre al regal vingut del cel. L'arribada del matí, però, ha reduït la intensitat de la caiguda de la neu i, fins i tot, comença a semblar com si els núvols, blancs i espessos, es volguessin trencar per la part de dalt dels cims.

Amb les primeres llums del dia, el dispositiu policíac també s'ha posat en marxa. Aquest cop s'ha centrat en la recerca de la moto d'en Tom, que no ha estat descoberta fins a les deu del matí, al costat del jeep d'en Marçal, en un dels darrers revolts de la carretera de les pistes, en el lloc on comença el caminet del refugi.

–Aquell gruix de neu al costat del jeep pot ser el d'una moto –ha insinuat un dels agents del cotxe, que cobria la carretera de Vallter.

Efectivament, un cop s'hi han atansat i han lliurat el vehicle de la neu que l'havia cobert, han pogut descobrir que es tractava de la moto d'en Tom. Immediatament, els agents han comunicat la notícia al quarter central, instal·lat a la comissaria de Camprodon.

–Com és que no hi havíem pensat. Aquests han passat la nit al refugi d'Ull de Ter –ha exclamat el comissari.

L'operació d'atac al refugi va a càrrec, evidentment, d'en Blai Botet, tot i que s'ha d'ajudar força del comissari local, a causa de les especials condicions alpines del terreny.

–Aquest cop no se'ns poden escapar –gairebé implora en Blai.

Cap allà les onze del matí, al refugi regna la tranquil·litat més absoluta. En Tom és a la cuina preparant l'esmorzar, quan de sobte sent l'helicòpter.

–Ja els tenim aquí –diu resignat.

La nevada s'ha aturat definitivament, els núvols s'han aixecat i uns raigs tímids de sol estan començant a il·luminar la virginitat de les masses de neu que cobreixen, ostentosament, tots els perfils del paisatge. L'helicòpter, amb un so eixordador, comença les maniobres d'aterratge a l'esplanada del davant del refugi, mentre que, mig ensonyats, els dispesers s'apinyen a la finestra del menjador per veure l'espectacle. Uns segons després, un cop el motor ja s'ha aturat, poden observar com en Blai Botet, en Toti i el comissari baixen de l'helicòpter. Però l'autèntica sorpresa ve quan apareix un munt de policies armats que s'estaven amagats al darrere de les roques i els arbres que envolten el refugi, mentre que senten una veu metal·litzada procedent d'un megàfon.

–Rendiu-vos i lliureu-vos a la justícia! Esteu envoltats! No intenteu cap maniobra.

Els de dins es miren sorpresos per l'espectacularitat de les maniobres policíaques, fins al punt que per la part de dalt de l'esplanada arriba a gran velocitat una de les màquines trepitjaneus de l'estació, d'on salten mitja dotzena de policies armats, que, sense manies, s'estiren a la neu, tot apuntant amb les armes automàtiques les finestres del refugi de muntanya. En Blai agafa la iniciativa, i amb el megàfon a la mà dóna directament instruccions als ocupants de la casa.

–Tots fora amb les mans al cap. En fila índia!

En Marçal i en Xavi han aprofitat la primera llum del dia, quan encara la nevada no havia minvat, per obrir-se camí, amunt, cap al coll de la Marrana, un indret muntanyenc molt conegut, que uneix la vall d'Ull de Ter amb la de Coma de Vaca. En Marçal ha preparat la sortida a consciència. En primer lloc ha equipat en Xavi com un perfecte muntanyenc, amb piolet i tot i, a més, ha carregat dues motxilles amb menjar per a un parell de dies i un sac de dormir de ploma per a cadascú.

–**Si voleu que tregui aquest xicot d'aquestes valls, llavors seré jo qui necessitarà ajuda** –en Marçal va advertir a en Tom quan, al final de la vetllada, van planejar la manera de fer fonedís en Xavi–. **Demà serà divendres. Jo faré tant com podré per tornar a ser aquí dissabte a primera hora, però demà mateix, cap al vespre, arribaran, pel cap baix, mitja dotzena d'esquiadors de muntanya, que ja m'han fet la reserva. O sigui que tu mateix, Tom, m'hauràs de suplir com a hostaler fins que jo torni.**

–**Ostres! Sort que la Maite m'està cobrint l'absència com a coordinador de l'intercanvi. Però, saps què et dic? Que fins i tot em fa il·lusió ser guarda de refugi, malgrat que només sigui per un dia** –va contestar ell.

–**I jo seré la teva ajudant** –s'hi va afegir la Mar.

–**I a mi, quin paper em deixareu?** –va preguntar la Jenny.

–**No et voldria desenganyar, Jenny, xata** –li va contestar el tutor–, **però no crec que, demà, la teva mare estigui gaire disposada a concedir-te cap permís.**

–Doncs, Tom i Mar, veniu amb mi a la cuina que us ensenyaré les quatre coses imprescindibles per fer de guarda de refugi.

Vall amunt, força arrambats a la impressionant cara nord del Gra de Fajol, avancen lentament els dos esforçats expedicionaris. En Marçal és qui obre camí. La neu, extraordinàriament flonja, s'enfonsa a cada passa que fan. En Marçal, que com a guia es fa responsable de tots els detalls tècnics de l'expedició, fa una aturada de vint minuts a l'aixopluc de les runes d'un antic refugi, per comprovar si la nevada és prou forta per recobrir, amb relativa facilitat, el profund solc de les petjades. Es tracta, evidentment, de no deixar cap rastre a l'enemic. De les motxilles treuen un termos amb cafè amb llet, unes galetes i uns grapats de fruits secs.

–Ostres! –esbufega en Xavi–. Mai no havia caminat més d'una hora amb l'estómac buit i sense dormir. Estic desmaiat.

–No et queixis, nano. Tu rai que ets jove.

Quan han deixat el refugi eren les vuit, però la inexperiència d'en Xavi per avançar per neu verge els ha fet perdre molt de temps. Una hora després, encara són a mig camí del coll, cosa que per a en Marçal és, de totes totes, una marca més aviat pobra. Tots dos mengen en silenci, mentre la nevada va minvant. En Xavi, amb la mirada desenfocada en els flocs de neu que, desvagats, ballen pel cel desafiant la llei de la gravetat sense gaire fortuna, no aconsegueix treure's del cap un brollar d'imatges de la Jenny: els ulls, els cabells, els gemecs de l'amor, els estels de Sant Jeroni. Anit, després de la transcendental reunió que hi va haver al refugi d'Ull de Ter, amb copeta de garnatxa inclosa, i després d'haver pres la decisió de la separació, ell i la Jenny van voler passar el que restava de nit en vetlla. Els altres van pujar a la sala de les lliteres i els van deixar sols a la llar de foc. En Xavi va tancar els llums i va obrir els porticons. De primer es van lliurar a un silenci llarg, reflexiu, només trencat pel cruixir i els espetecs dels tions. Es van donar la mà i es van deixar endur per la màgia del foc.

–**M'escriuràs?** –li va preguntar ella al cap d'una llarga estona.

–No en tinguis cap dubte.

–No m'enviïs res a casa. Tindré censura total.

–No t'amoïnis. Et faré arribar missatges per mitjà de la Mar.

–I tu, què faràs, Xavi?

–No ho sé. De moment em sembla que aniré a França, a Ribesaltes. Tinc família en un mas. Suposo que al camp em podré amagar millor durant una temporada. Però no parlem de demà, Jenny.

Llavors, i fins que s'ha llevat en Marçal, en Xavi i la Jenny han estat rememorant la seva curta història com a parella. Però a les runes de l'antic refugi, en Marçal dóna per finalitzat el curt període de descans i alimentació.

–Ep! Xavi, desperta't. Que hem de continuar. T'has fixat que ja no neva?

–Ja ho veig –respon ell, tot tornant a la realitat–. Mira, acaben d'engegar les cadiretes.

–Doncs mira, precisament ara, coincideix que ens haurem de desviar a la dreta fins a les pistes d'esquí. Veus? –en Marçal li fa les indicacions amb el dit–. Aprofitarem el tros que les màquines han trepitjat, així avançarem més de pressa i, alhora, gràcies a la neu endurida de les pistes, podrem despistar els hipotètics seguidors de les nostres petjades. D'aquesta manera ens plantarem gairebé a tocar el coll. Quan hi siguem –ara li marca el camí amb el piolet–, resseguirem la cresta fins dalt del Bastiments.

–Hòstia! –exclama en Xavi–. Quina bestiesa!

–Ho sento noi. És el pic més alt de la vall, però és el millor camí per passar la frontera. Tal com està la neu, avui, no ens podem permetre cap sorpresa. Pensa que la frontera passa just per dalt del cim.

Els dos excursionistes no tarden a trobar la traça de les màquines i, efectivament, a partir de llavors, el ritme de la marxa millora de manera clara, la qual cosa els feia falta per poder-se allunyar de les zones més perilloses pel que fa a l'operació policíaca, que de ben segur es muntarà quan es descobreixi la fugida dels dos homes.

–Ei! Mira, Marçal. Mira, arriben els primers esquiadors amb les cadiretes.

Quan aquest fet es dóna, en Xavi i en Marçal són ben a prop de la pilona final de la cadireta més llarga de la pista, la que arriba ben bé sota del coll de la Marrana.

–No els veig gaire segurs aquests dos –diu divertit en Marçal.

Els moviments d'aproximació de la primera parella d'esquiadors d'aquell matí, al descens de la cadireta, són francament matussers; la qual cosa s'acaba convertint en una espectacular patacada en el moment que els esquís de la dona toquen la neu. En canvi, el que sembla l'esquiador masculí fa alguns esforços inicials per evitar l'inevitable, però amb els seus gestos forçats no fa més que empitjorar les coses, fins que tots dos, fets una pinya i entortolligats d'esquís i cames, rodolen pel turó final de les cadiretes, fins gairebé a tocar els peus dels dos excursionistes. En Marçal i en Xavi obliden per uns moments el pla de la fugida, i riuen de gust amb el numeret.

–Doni'm la mà senyora, que em sembla que necessitarà un puntal per redreçar-se –en Xavi allarga la mà a l'esquiadora, totalment oculta darrere d'ulleres, barret i bufanda.

–Jove, faci el favor de no ser mal educat i parli'm en anglès, o és que es creu que he vingut a aquest remaleït país a passar-m'ho bé. Vostès m'han perdut la meva nena, però jo la trobaré, encara que no sàpiga esquiar.

–«Uf! la sogra.»

En Xavi retira instintivament la mà i li diu a en Marçal:

–Marxem, tu. Ja s'ho faran.

–Espera't, home, que això és un cas de consciència –el guarda no s'ha adonat de la terrible coincidència –. **Vostè, senyora** –li engalta amb el seu anglès d'anar per casa–, **¿pretén dir-me que ha pujat fins aquí dalt amb les cadiretes, i que no sap esquiar? Que es vol matar?**

–Au, anem, Marçal –insisteix en Xavi–. Que segurament el senyor deu ser el monitor. No pateixis que ja s'ho faran.

–Vostè m'entén en català, senyor? –en Marçal pregunta a en Cesc.

A en Marçal li pot més l'esperit de socorrista que no pas els precs d'en Xavi. La veritat és que el guia té motius sobrats per patir, perquè en Cesc, arrebossat de neu fins a la pituïtària, no té, ni d'un tros lluny, l'aspecte de mestre d'esquí. Però de sobte, quan el pare de la Mar s'està espolsant la neu de la cara, per poder cridar, desesperadament, que algú l'alliberés d'aquella dona, s'adona que, amb la trompada, el telèfon mòbil, que li havia requisat Mrs. Stone feia un parell de dies, ha volat, i el té, mig cobert de neu, a tocar de la mà. De terra estant, el pren amb signes evidents de síndrome d'abstinència, el connecta, i per art d'encantament, se li dispara el timbre, amb gran sorpresa de tots els reunits en aquell indret.

–Oh, perdonin. Quina sorpresa. És el meu telèfon.

En Cesc, es gira d'esquena a la seva acompanyant, no fóra que li intentés requisar de bell nou l'aparell. Però el que l'home no adverteix, atabalat per l'emoció de la troballa, és que Mrs. Stone té més feina a recuperar la posició vertical, que no pas a intervenir telèfons.

–Digui? –fa en Cesc.

–Home! Mira el fugitiu –és la veu de la Dolors–. Ara m'explicaràs un conte, com per exemple que no m'has pogut trucar, perquè has hagut d'anar dalt d'un cim nevat del Pirineu, a mostrar a la teva angleseta, la gran varietat dels nostres paisatges.

En Xavi aprofita l'oportunitat de la trucada de la Dolors per dir a part a en Marçal:

–Marxem corrents. Més amunt t'ho explicaré tot. Aquí correm gran perill.

–D'acord –respon en Marçal–. Saps què et dic? Que a aquesta parella ja els ajudaran els responsables de les pistes.

–Passi-ho bé, senyora. Que tinguin sort.

En Xavi s'ha dirigit a Mrs. Stone en català, mentre que ella torna a perdre l'equilibri, i a caure, més o menys, en el mateix clot a la neu que ja havia fet anteriorment.

–No em deixin, sisplau! –crida Mrs. Stone, desesperada.

En Xavi empeny en Marçal cap amunt.

–Ho sento senyora. Passi-ho bé. Em temo que ens tornarem a veure algun altre dia –això, en Xavi, ja ho ha dit en anglès.

Ella, però, no està per gaires més romanços que no siguin la baralla que fa estona que està tenint amb els pals i la pròpia verticalitat. Mentrestant, en Cesc, assegut a la neu, va parlant, gairebé implorant a la Dolors.

–No, dona, no és el que et penses. Es tracta d'un segrestament.

–Ara em vols fer creure que aquesta dona t'ha segrestat...

–No, no és això exactament. Algú ha segrestat la meva anglesa.

–A veure, Cesc. Jo ja no entenc res. Ara no m'ensarronis amb aquesta història de segrestaments, i aclareix-me on et vas ficar anit.

–És que com a resultes de la investigació vam anar a raure al Bagdad...

–Al Bagdad? A aquell lloc del *porno-show,* acompanyat d'aquella donota?

–Ja t'ho he dit que no és el que et penses, amor meu, quan torni de les pistes d'esquí t'ho podré explicar tot...

Com passa cada estiu, la vila de Bournemouth, al sud d'Anglaterra, es torna a omplir d'estudiants adelerats per aprendre l'idioma anglès. De les casetes arrenglerades en carrers inacabables, surten cada matí una munió de noies i nois que van a les respectives escoles d'idiomes, que els seus pares han contractat des dels països d'origen. A Bournemouth, l'estiu posterior a la fugida de la Jenny a Barcelona, totes les coses tenen l'aspecte de sempre: els *greens* dels camps de golf, les partides de *cricket* que practiquen grups d'homes estàtics vestits de blanc, l'espigó que dóna identitat a la vila, les platges desavinents, el mar fosc i sever. Res no ha canviat aparentment en aquesta pacífica vila anglesa.

En Xavi ha passat el seu retir particular a les vinyes dels seus parents a Ribesaltes, al Rosselló. Com que la primavera no és temps de verema, ha ajudat a totes les tasques que se li han encarregat en la neteja i l'arranjament dels cups i dels cellers. No ha estat fins a finals de juliol que no li han dit:

–Au, té. Agafa els diners i pren-te un descans. Però el

vint-i-cinc d'agost et volem aquí, que començarem a preparar la verema.

A la masia, lluny del seu ambient a Santa Coloma i lluny de la Jenny, en Xavi s'ha enyorat molt i ha viscut bàsicament del record. Ell, que sempre havia estat un xicot extravertit, ha perdut aquell punt de gràcia que sempre l'ha caracteritzat. Ha intentat establir contactes amb la Jenny amb els mitjans més diversos. Tot ha estat inútil. El marcatge de la censura familiar ha arribat fins al punt que, a la Jenny, li han estat obrint el correu vingués d'on vingués, i li han fet filtratge de totes les trucades que li han arribat.

Un parell de dies després que li donessin vacances a la masia, en Xavi ha arribat a Bournemouth utilitzant trens i ferris. Ha muntat guàrdia davant de la casa de la Jenny, però en observar que no hi havia cap moviment, i que a la nit no s'encenia cap llum, ha decidit fer un tomb pel garatge dels *rockers*, que va servir de decorat per als primers encontres amb ella. Allà ha retrobat els amics de l'any anterior, on ha descobert que han tirat endavant amb el grup de rock, i que ja ho fan força millor. En aquell lloc, en Xavi ha estat rebut com un heroi. Tots estaven al corrent de la seva aventura, i l'admiració per ell és general.

–**Ei, Xavi. Hem de parlar tu i jo** –li ha dit seriós en Jack, el líder del grup–. **Però val més que anem al pub d'en Charlie, allà xerrarem més a gust.**

El pub d'en Charlie, típicament anglès, també té l'aspecte de sempre, com la resta del poble. Un cop allà, amb una cervesa al davant, en Xavi s'ha vist amb cor de preguntar per la Jenny.

–**Ei, ei, amic meu. La Jenny. Ai, les dones. Escolta'm bé, Xavi. A veure si endevines on és, ella, ara?**

Ni idea, noi. Per això t'ho pregunto.

–**Doncs després d'una època dura, en la qual ni li hem vist el pèl, la crisi a la família Stone ha esclatat per on menys ens esperàvem. Els pares s'han divorciat. La mare sembla que ha dit que no podia més amb aquell marit tan purità i avorrit i, fa quinze dies, han agafat les maletes, ella i la Jenny, i se n'han anat a reflexionar. Que endevines on?**

–Estic xocat. Ni idea, noi.

–A Barcelona! Sembla que Mrs. Stone ha estat convidada a passar una temporada al pis de la nena que va acollir la Jenny allà. Diuen que va ser el pare d'aquella nena qui va venir i se les va endur personalment, a la Jenny i la mare. Els veïns diuen que Mrs. Stone va comentar que Barcelona era molt excitant, i que s'hi volia quedar a viure, sobretot, ara que ja coneixia la vida nocturna. Noi, no sé que li vau fer a aquesta dona per allà, però pel que es diu la vau trastocar. Es veu que la Jenny va trucar l'altre dia a algú de la colla i va dir que ja s'ha matriculat en una escola anglesa de Barcelona.

–Que bèstia! –en Xavi es porta les mans al cap–. Això que m'acabes de dir és fantàstic. Me'n vaig volant cap a casa meva, Jack. Estic tan xocat, que si em punxen no em treuen sang. Hòstia! La Jenny, la meva Jenny, vivint a Barcelona.

–Ja, ja sé que això és una bona notícia per a tu, Xavi, però, és que et volia demanar un favor. Resulta que al grup ens acaba de sortir una gira per l'agost. És a Escòcia. Per a nosaltres és molt important, i pensem que si tu vinguessis seria el cop definitiu per a la nostra banda. Només serà l'agost, Xavi, sisplau. Ara ja tens la Jenny a Barcelona, no t'hi amoïnis, allà la trobaràs quan tornis. Pensa que això d'Escòcia és molt important. Si véns amb nosaltres podem triomfar definitivament.

–Ostres, Jack! No sé que dir-te. Imagina't! La meva noia em deu estar esperant. No li puc fallar.

–Au, va, Xavi –en Jack li dóna un bon cop a l'esquena–. Ara digue'm; a veure, quan tindràs l'oportunitat de tocar *death* amb un grup anglès, de la nostra categoria, per terres escoceses?

–Home, ara que ho dius, Jack. ¿Saps que sempre he tingut ganes de fer un tomb per Escòcia?

Índex

Aquest llibre s'ha acabat d'imprimir el mes de juliol del 2008 als tallers Unigraf, S.L. Móstoles (Madrid).